在時間裡，散步

walk

walk 015

獨居日記
JOURNAL OF A SOLITUDE

梅 薩藤 May Sarton 著
廖綉玉 譯

編輯　連翠茉
校對　呂佳真
美術設計　林育鋒

出版者：大塊文化出版股份有限公司
台北市 10550 南京東路四段 25 號 11 樓
www.locuspublishing.com
讀者服務專線：0800-006689
TEL：（02）87123898　FAX：（02）87123897
郵撥帳號：18955675　戶名：大塊文化出版股份有限公司
e-mail:locus@locuspublishing.com
法律顧問：董安丹律師、顧慕堯律師
總經銷：大和書報圖書股份有限公司
地址：新北市新莊區五工五路 2 號
TEL：（02）89902588（代表號）　FAX：（02）22901658

初版一刷：2017 年 9 月
定價：新台幣 300 元

ISBN 978-986-213-824-3　Printed in Taiwan

獨居日記

Journal of a Solitude

梅・薩藤 MAY SARTON

廖綉玉 譯

9月15日

就從這裡開始。外頭下著雨，我望著楓樹，幾片葉子已轉黃。我聽著鸚鵡潘奇自言自語，聽著雨水輕輕敲打著窗戶。這是數星期以來我第一次獨處，終於重拾「眞正」的生活。說來奇怪，無論是朋友甚至是熱情的戀人，都不是我眞正的生活，除非我有獨處的時間，探索與發現正在發生或者已經發生的事。如果生活少了干擾、鼓勵，或是氣惱，日子會變得枯燥無味；然而，唯有當我獨處，重溫舊日與這間房子的對話，方才徹底品嘗到生活的滋味。

書桌上有幾朵小小的粉紅玫瑰。很奇怪，秋天的玫瑰往往顯得黯淡，枯萎得快，花瓣邊緣會呈現凍傷的褐色，這些粉紅玫瑰卻美麗鮮亮，讓人讚嘆。壁爐台上的日本花瓶裡，兩株白色百合花後仰彎折，花蕊上黏著褐紅色的花粉，牡丹的一簇枝葉轉爲奇特的棕粉色。這束花很優雅，一如日本人形容的「shibui」（素雅）。獨處時，我才眞正將這些花看進眼裡，專注地看著它們，感受它們的存在。

如果沒有鮮花，我將毫無生意。爲何這麼說？其中一個原因是它們在我眼前變化，花兒的生命只有短短幾天，它們讓我與成長與逝亡的過程緊密聯繫，飄浮在它們生命裡的重要時刻。

這裡的氛圍整齊美麗，也讓再度獨處的我感到恐懼，感到自己的不足。我開創了一片開放的空間、一處冥想的天地，如果我無法在這裡找到自己，該怎麼辦？

寫日記是一種方法。長久以來，每次與另一個人見面都是一種衝突。我的感情太豐沛，感覺太強烈，即使最簡單的談話過後，我都因爲回應而精疲力竭。而最劇烈的衝突在於我與冥頑不靈、折磨他人又飽受折磨的自我之間。我創作的每首詩與每本書都爲了相同目的：爬梳自己的思想，瞭解自己所處的位置。儘管這並不能讓我更瞭解自己。我就如一台不中用的機器，在關鍵時刻故障，嘎的一聲陷入可怕的停頓，大喊「不行了」，更糟時還會遷怒無辜的人。

《種夢根深》（*Plant Dreaming Deep*）的出版讓我結交了許多朋友（有人因此

認爲是我親密的朋友，這就比較難以回覆），我開始意識到，這本書不小心造成的錯覺。我在這裡生活的痛苦與憤怒，幾乎沒被提到。現在我眞希望穿過粗糲的岩盤，進入底層。那裡的狂暴與怒火永不止息。我一個人生活，大致沒什麼理由，只因爲我這個人讓人難以忍受；我的某種氣質讓我與眾不同，我本可加以利用，卻從未學會操控。一句話、一個眼神、一個雨天，或者貪杯都可能讓我激動慌亂。我需要獨處，又害怕自己忽然進入極度空虛的寂靜裡，卻找不到支持，不知道將發生什麼事，這種需求與恐懼一半一半。我的心情變幻無常，一小時內就能從天堂跌到地獄，唯有強迫自己遵循常規，方能繼續活著。我寫了太多的信，而創作的詩太少。表面上，這裡很安靜，然而我內心深處有著喧囂的人聲，充滿太多的需求、希望、恐懼。每次坐下來，「未做完」、「未寄出」的念頭總縈繞在心頭。時常感到筋疲力盡，但不是因爲工作（工作是一種休息），而是爲了在懷著朝氣與熱情工作之前，得先努力推開別人的生活與需求。

9月17日

內心世界又裂開了。寫不了幾頁就再度陷入憂鬱。天公不作美，連續兩天烏雲籠罩，陰雨連綿。我痛哭了一場，那些眼淚似乎與沮喪及壓抑的憤怒有關，而且突然得讓我措手不及。昨日醒來，心情極度低落，因此過了八點後才起身。

開車到布瑞特勒波羅鎮（Brattleboro），在一神普救派（Unitarian Universalism）的新教堂朗讀詩歌。我感到恐懼又疲倦，不知該如何喚起活力？我準備了宗教詩歌，取材從早期的書籍到尚未出版的新書都有；情況還不錯，至少不算是災難。然而，感覺（或許我錯了）這些善良聰明的人們聚集在一間寬敞的房子裡，望著外頭的松樹，他們其實並不想著上帝，不想思考祂的缺席（許多詩歌都提到這一點）或祂的存在，這兩種情況都很駭人。

回家的路上，我探望了柏利・柯爾，他是我親密的老友，生命已到了盡頭。他與妻子分居，剛從宛如狄更斯筆下的養老院換到看起來好得多的養老院。他一天比一天透明，只剩一副骨架或者差不多是一副骨架了，就連握他的手，我都擔心他會骨折；然而，如今我們唯一眞正交流的也只剩握手了（他嚴重耳背）；我想抱起他，像抱嬰兒一樣抱著他。他在可怕的孤獨中迎接死亡，每次見到他，他都說：「太難受了」或是「我沒想過生命會這樣結束」。

環顧四周，隨處可見他的手作：他修剪的三棵小樹靠著一塊花崗巨岩，就在大片的草地中央；他在這裡工作的最後幾天，爲我挖掘那塊陰涼邊緣地帶，修整那道隔開田野與教堂的石牆。田野有一片灌木叢，從石牆到灌木叢這塊地，他一年要修剪兩次，如今這片灌木叢再度雜草叢生了。這些事都必須反覆地做，需要柏利這樣頑強有力的人。我絕對無法獨力做這些事。我們共同珍惜這塊土地，一起努力讓這個地方看起來整齊美麗。

柏利最後在這裡的工作似乎顯得輕鬆。比起他務農時的辛勞，這裡的工作像遊戲，他在這樣的遊戲裡得以充分施展專業的知識與技能。他喜歡取笑我的無知！

當他割劇修剪時，我也在桌前奮力爬格子。我們彼此都清楚這種相伴的情誼。如果我有空去他那裡逗留的話，中午就成了我們期待的時刻，他會坐在廚房的高腳凳上，與我一起喝一、兩杯雪利酒，說句「言歸正傳！」接著將他構思了整個上午的荒誕故事講給我聽。

我們的關係很奇怪。說眞的，他對我的生活幾乎一無所知，然而透過交談，我們確認彼此是同類。他喜歡我發怒，正如我喜歡他發怒一樣，不僅僅如此，比起對生命眞相的理解，我們內心深處都更瞭解自身的本質。他甚至在艱難孤獨的生命終點，依舊保持著強烈的尊嚴；然而，我多麼希望能有辦法讓這個過程好過一些。對於這樣的臨終情境，我滿懷苦澀和憤慨離開了他，「我知道，但我不贊成，也不認命」。

收到一位十二歲孩子寫來的信，信中附了詩，她的母親催促她徵求我的意見。這個孩子確實有想法，我可以回信指點一下，但現在許多人甚至還沒開始學一門技藝，就期望獲得稱讚與認可，這讓人憂慮。速成是時下的規律，「我**現在**

就要！」我不知道這是不是機器造成的墮落結果。機器做事極快，超越正常的生活節奏，開車時，如果無法踩第一下油門就發動汽車的話，便會生氣。因此，現在我們仍會親手做的少數幾件事、任何無法倉促完成的少數幾件事都別具價值，例如烹調（儘管有微波食品）、打毛線、蒔花弄草。

9月18日

隱居的價值（其中一個價值）當然就是沒有任何東西能緩和內心衝擊，就像我倍感壓力或沮喪時，沒有任何東西有助於心情平靜。親愛的阿諾德・邁納來收拾垃圾，我與他閒聊片刻能讓內心的風暴平靜下來。但是痛苦的風暴或許有其眞理，因此有時人們只要忍受憂鬱一段時間，如果能熬過去，留意它透露的與表達的需求，就會得到啓發。

對付憂鬱的方法比起憂鬱的原因來得有趣，純粹就是爲了活著罷了。今天凌晨四點醒來，心情惡劣地躺在床上一個小時左右。外頭又下起了雨。最後我起身，動手做一些日常家事，等待沮喪的感覺消失，心情再度振作。有效的方法是爲植物澆水。轉眼之間，我感到喜悅，因爲我滿足了一種簡單的需求、一種生存的需求；撢掃灰塵從來沒有這種效果（或許是我不擅長家務的原因），可是餵食飢餓的貓咪，爲潘奇換上乾淨的水，都能讓我頓時感到平靜快樂。

我所知道的平靜都來自於大自然，來自於感到自己屬於大自然，就算自己只是渺小的存在。或許華納家的喜悅與智慧正來自於此，因爲他們的工作總是很接近大自然。那麼簡單嗎？其實不簡單，他們的生活需要耐心、理解、想像和力量，去忍受不斷出現的逆境，像是天氣！適應惡劣的天候，而不是對抗它，每天拿出無窮的活力從事相同的工作，像是餵食牲畜，清理穀倉與畜欄，讓那個複雜的世界生生不息。

9月19日

太陽出來了，它從霧中升起，照映得草坪上的露珠閃閃發光。天空蔚藍，微風和煦，我剛創作了一項驚豔：在我舒適房間的威尼斯玻璃杯裡，插了兩朵碩大的秋日藏紅花、一小枝的粉紅菊花，以及我忘了名字的一片銀葉（艾草？）。但願這是新的一天的吉兆。

憂鬱症讓人厭倦，因爲它總是重複發作，簡直像不斷轉動的輪子。昨日讀著修女瑪麗．大衛的來信時，暫時擺脫了那個輪子；她選擇在南卡羅來納州的小鎮工作，目前擔任一間合作社的經理，她的來信總讓我驚訝地瞭解外面正在發生的事，同時讓我認識到一個人可以做到的事。「的確如此，」瑪麗．大衛寫道，「我大都在合作社工作，但我確實發現這個州的絕望家庭越來越多，眾多人們孤單受挫，染上疾病，惶然無助！有一天，我帶著一位老先生購物，他完全沒有食物了，而且因爲某個失誤，他的支票被停用了三個月。他買了一些必需品，總共十美元六分錢，我掏出錢包裡的所有現金，正好十美元六分錢！看起來，仁慈的上帝總在我身邊，這裡發生了許多無法解釋的事。又一天，一位老婦人在一間二手家具店外頭等著我，請我與一位企圖自殺的十二歲男孩聊一聊，男孩的父親與繼母把他趕出家門，他缺衣缺食，無處可去。嗯，現在他的情況比較好了，我爲他買了衣服與一張摺疊床，他的老祖母同意讓他住在她簡陋的小木屋裡；我與他保持聯繫，昨天還買了午餐給他。我似乎就是會遇見這樣的人，這樣的人多得很，其中有些人度過危機後就消失了。」

寄出一張支票。知道那筆錢即將變成一種協助，喜悅之情讓我振奮了起來。天曉得，我們厭倦了一些慈善機構，厭倦了同一間慈善機構一星期三度要求捐款，明明兩星期前才寄去支票的。無論是捐贈者或受贈者，我們的名字都被儲存在電腦裡，比起修女瑪麗・大衛直接的人道救援，我們的行動顯得單薄無力。她並非被修女會派到那裡，而是自己在暑假計畫裡找到想走的路，也獲得允許留下來，這一定是仁愛修女會的傳統。

在這樣艱困的歲月裡，最有希望也是唯一的標的，就是許多人積極採取行動，突破困難，堅定地發揮人類的想像力。我立刻想起了蓋奇醫生，他最初在南卡羅來納州的博福特（Beaufort）行醫，獨自爲黑人治病，姑且不論他的悲慘結局，他確實讓美國國會與人民關注到當地饑饉的嚴重情況。我們不得不相信，每個人都很重要，每個人都有一股足以移山的創造力量，尤金・麥卡錫[1]的偉大事蹟正是在政界證明了這一點，我們支持他，是因爲我們相信政治會爲人民的意見讓步。不幸的是，人性缺陷毀了這一切，像是麥卡錫的虛榮與蓋奇醫生的毒癮。我們能做到各種事情，或者說幾乎可以，但是想達成任何事就必須心平氣和、寬大謙遜，還有耐心。藝術是如此，其他事情也是如此。

因此……工作吧，這不是**沒道理**的。我絕不可能成爲主動積極的人（除了偶

1 尤金・約瑟夫・麥卡錫（Eugene Joseph McCarthy），美國政治家，國會議員。一九六八年美國總統大選中，麥卡錫試圖獲得民主黨候選人提名未果，競選綱領是反對越南戰爭。

爾教書之外），卻不時意識到雖然我的工作看起來古怪，但眞的能幫助人們，只是等到住在納爾森（Nelson）這幾年，才眞正確信這一點。

9月21日

昨天是星期天，也是柏利．柯爾的生日，下午我去探望他，送給他一套睡衣，這次我們能聊上幾句。他換到新的養老院，極爲不適應，雖然對局外人來說，新的地方比原來的恐怖養老院好多了。原來住的養老院是一處陷入地裡的破舊農舍，那裡充斥著欺騙的氛圍，以及疏離，衰老的父母常遭子女遺棄，甚至活埋。然而柏利在那裡扎根，他必須保持自己的看法，如今那些根被拔離，那些看法能堅持多久？他的雙手筋骨分明，只有那雙眼睛，犀利的目光表達著那些他說不出來的話，表明他仍是柏利．柯爾。

昨日踏上悲傷的行程之前，望著窗外，看見兩位老人站在草坪邊，然後往山坡下走了一段，又折了回來，顯然期待我走出門外。我也眞的踏出門來。看得出來他們來過不止一次，熱愛《種夢根深》與其他的詩。他們是夏綠蒂與艾伯特．歐普勒，當年是德國難民，逃離希特勒的統治，最初落腳於此，後來被麥克阿瑟將軍送到日本；艾伯特是法律專家，幫助草擬日本新憲法，當然，他們認識伊莉莎白．韋寧[2]，這些日子我正爲《紐約時報》撰寫她的自傳書評。可是，爲什麼我幾乎是含淚向他們訴說我的憂鬱？對陌生人訴說這些心情實在荒唐可笑，我可能就像巢穴裡的動物一樣，忽然受到驚嚇：整個上午伏案書寫，心靈徹底敞開，對他們展現的善良與同情毫無準備。此時，我的內在與外在一致，是我嚮往的境界，但並非因此就不愚蠢可笑。

我在舊日記裡找到這段文字，那是杜維廉男爵[3]評論歌德的文章：「如果一

2 伊莉莎白．維寧（Elizabeth Vining）是美國圖書管理員與作家，曾經擔任尚爲皇儲的明仁天皇的英語老師。
3 杜維廉男爵（Humphrey Trevelyan）是英國外交官和英屬印度官員。

名偉大的藝術家想維持創造力直至生命盡頭，雙重性格必不可少：一方面他必須對於生活異常敏感，另一方面他必須對生活永不滿足；他必須永遠追求不可能的事，一旦得不到，他必須感到絕望。這樣沉重的神祕必須晝夜跟隨著他，他必須爲了赤裸裸的事實而顫動。這種神聖的不滿足與這樣的不安定、這種內在的緊繃狀態是藝術能量的來源，許多名不見經傳的詩人只在年輕時擁有那樣的緊繃狀態，一些偉大的詩人甚至在中年喪失那種狀態；英國詩人華茲華斯（William Wordsworth）失去了勇氣，不敢陷入絕望，但正是絕望讓他的詩富有力量。然而，更常發生的情況是內在的緊繃如此強而有力，一個人未臻至成熟前就已被它摧毀。」

藝術必定來自內心的緊繃嗎？幾個月前，我夢想著有部愉快的作品、一本源於豐富愛情的詩集，而現在我再度陷入極大的痛苦。或許這是健康的象徵，而非病態，誰知道呢？

柏利．柯爾昨晚過世了。昨天下午三點半，我去探望他，他處於半昏迷狀態，我沒想叫醒他，只在床邊站了片刻；下午六點，養老院打電話說他快要不行了；一小時後，我打電話到養老院，他已被救護車送往位在基恩的醫院（爲何不讓他在養老院斷氣？）。他的小女兒瑪麗住在幾英里外的查爾斯頓，她說他死在救護車裡；他死後沒有儀式，遺體**孤零零地**被運到劍橋的火葬場火化，骨灰將撒在希爾斯伯羅的墓地；他的妻子長年患病，也已分開多年。這是我見過最孤獨的臨終與死亡，他在生命最後的幾個月裡，多次對我說：「我沒想過生命會這樣結束。」

生而爲人怎能接受這種死亡？當人的骨灰被鏟走，彷彿一生的辛勞、尊嚴、自尊最後像個舊啤酒罐被丟棄，不管我們有什麼想法？

他教我許多東西，他穩重緩慢的工作風格讓我學會耐心，「從容不迫」。他對小事展現無限的用心，例如會在割草後，跪著修剪樹的周圍。他這樣做並非爲了我，而是堅持做好一件事情的準則，他必然深知我經常無法理解「做好一件事」需要的心力。我喜愛他，喜愛他性格中的狂野不羈，這種狂野不羈會讓他在天人交戰時，扔下工具，揚長而去。他的生活充滿鮮明的個人色彩，或許正是這一點讓他與眾不同。很久以前，我們就知道彼此是同一類人：熱情、暴躁、驕傲，我在〈認同〉這首關於他的詩的結尾提到這一點，現在就讓我回憶往日的他：

柏利說：「該死。」其實尤有甚者。
聽他說話，我再度肅然起敬。
人們問，你能把這種人稱作朋友？
是的（該死！），肯定的回答永無止境。
布朗庫西[4]的遊戲與他的雕塑同樣有道理，
而柏利的咒罵宛如教徒的祈禱。

4 布朗庫西（Brancusi），羅馬尼亞、法國雕塑家和現代攝影家。是繼奧古斯特・羅丹之後，二十世紀最具影響力的雕塑家，被譽為現代主義雕塑先驅。

放下一切，站穩腳跟吧，我的孩子，
讚美藝術家，直到地獄結冰，
因爲這樣的人實在少有，他揮舞大鐮刀（不是玩具），
冒著危險，帶著技藝與喜悅，
修剪、清除、發現，
這位睿智的老人正處於人生的黃金時期。

田野裡，我望著他穿行，
我領悟到他狂暴又溫柔的血液、
那種不耐煩的耐心。如果可以的話，
我會稱割草的他是我的同類，
稱他是我不幸時的幸運星。

「事情本來就是如此！」他以前經常這麼說。

9月25日

昨天我在前院的草坪採菇，並且爲蜜爾德蕾摘了一杯覆盆子。樹葉飄落得很快，但目前葉片的顏色還淺，燦金色的十月尚未到來，現在的空氣酷熱潮濕，讓人精疲力竭。

9月28日

太陽出來了。醒來後，看見一片迷人的晨霧，蜘蛛網上綴滿露珠，雖然下過雨後，紫菀花顯得頹喪，大波斯菊看起來也飽受摧殘。然而，人們近日開始引頸企盼樹木間猶如花朵綻放的各色葉子，因此對園中花兒的逐一凋謝還不至於太多傷感。

蜜爾德蕾正在清掃。我想著她從初次來到這裡，這些年來，總是如此安靜、幽默、高雅。這裡的一切都受到她的照顧。我的隱居生活有了生意，卻沒有受到干擾。我埋首案前，工作更有勁，因為我知道她靈敏的雙手正忙著撣掉灰塵，讓一切恢復整齊。到了十點，我們坐下來喝杯咖啡，說說話，但從來不閒聊。今天她告訴我，她在後院窗外的野櫻莓叢裡看到一個極圓的蜘蛛網，上面的露珠閃閃發光。我和她共同經歷許多悲喜，如今我們的交談讓這些經歷「細密地交織」在一起。

我的脾氣暴躁，往往很難與人和睦相處。我無法忍受自命不凡、自鳴得意、一句話就透露出的粗俗氣質，經常讓我火冒三丈，像貓咪炸開粗肥的尾巴。我討厭庸俗下流的靈魂，極度痛恨無謂的閒聊。為什麼？大概是因為與任何人的接觸，目前對我來說都是一種衝突。那樣的代價總是很高昂，我不願浪費時間。倒是戶外活動甚至躺下來休息個幾小時絕非浪費時間，我腦中的想像正在這種時刻開始浮現，我也在這種時候安排工作，但是，應付那些掛著社交面具的人就是浪費時間。我願意盡力尋找眞誠的人，如果找不到，我會沮喪發怒。浪費的時間是毒藥。

這就是納爾森鎭適合我的原因，因爲這裡的鄰居從來不自命不凡，很少自鳴得意，儘管他們有粗俗之處，那樣的粗俗卻簡樸健康。華納家、蜜爾德蕾、阿諾德·邁納從來不會讓我厭倦，正如眞正有教養、見多識廣的人（此地少得可憐）從不讓人厭煩一樣：海倫·米爾班克偶爾來訪會讓我如沐春風，這些人之中，眞正最親密的朋友算是安妮·伍德森、K·馬丁、艾莉諾·布萊爾這些老朋友，與他們對話十分美妙溫馨愉快，我們互相分享喜悅與對生命的看法。上週末，艾莉諾拜訪這裡，我們出遠門到康乃狄克谷的草地野餐，那次野餐美妙極了：我們把毯子鋪在樹林邊陰涼的地方，凝視霧濛濛的平緩山丘，感受開闊的空間，欣賞那條洋溢十九世紀氛圍的河流，度過極美好的一小時。那片風景就像一幅版畫，我想是因爲那條河流不通航，一百年來，河岸甚至未曾改變。我們聆聽秋天的許多昆蟲在周圍鳴叫。踏上歸途時，艾莉諾指給我看一隻鮮綠得驚人、類似蚱蜢的長翼昆蟲。後來，她摘了兩枝綴滿紅果的伏牛花，此刻這兩枝美麗的伏牛花插在壁爐台上的日本花瓶裡。

然而，對我來說，接待客人與準備餐點似乎是難以負擔的事，因為現在的我是如此憂鬱，憂鬱可怕地啃噬著我的精力。但是做這些事的確對我有益。我將火腿與蘑菇塞進茄子裡，這道菜很美味，艾莉諾沒吃過；皺皮的紫色茄子立在碗裡，周圍放了一些甘藷，看起來很豪氣。

最後，艾莉諾說了一句關於花瓶裡花朵枯萎的話，惹惱了我，加上筋疲力盡，於是我那不可理喻的招牌脾氣爆發了，搞砸了一切愉悅。我一定喊得太大聲，所以今天嗓子都啞了，眞是罪有應得。我對說過那些可怕的話，深深感到挫折，無言以對。怒火具有破壞力量，脾氣來時宛如歇斯底里，發完脾氣後又懊悔不已。那些很瞭解我、喜愛我的人當它是我的一部分，但是我知道這不可容忍，我得想辦法解決這個問題，學會避免發脾氣，就像癲癇症患者學著用藥物避免發病。有時我覺得怒氣與我的生活之間有一場拉奧孔式[5]的搏鬥，打從襁褓以來，怒氣就像女巫一樣控制著我，隨著這次罪孽深重的行為，我陷入自我毀滅的憂鬱心情，如果不戰勝她，就是她會徹底打敗我。

有時我在想，暴怒就像巨大的反向創造力，因為壓抑、欲求不滿而尋找出口，並非累積過多挫敗情緒必須發洩，為一些不相關的小事爆發。我從嬰孩時期開始，就會忽然大發脾氣。有件事發生在比利時溫格漢，當時我只有兩歲，某個下著雨的冬日，我穿著白色的毛皮外套跟著大人外出，一家商店櫥窗裡的一缸金魚迷住了我，我熱切地想得到它，當我聽到「不行」時，就猛地撲倒地上，整個人連白色外套一起在水坑的泥濘裡打滾。這種突如其來的暴怒讓父母很憂慮，經醫生建議後，每當我發起脾氣，他們就會試著連衣帶人把我放進浴缸泡溫水澡，以至於後來我又忽然發怒，自己也生氣地尖叫；「把我放到浴缸裡！把我放到浴

5 根據希臘神話，特洛伊的祭司拉奧孔（Laocoön）看穿了了希臘人的木馬詭計，最後不幸被海神巨蟒咬死。

缸裡！」這意味著我年紀還小的時候，就知道發脾氣必須想辦法控制，正如時下說的，我需要協助。

但是，「想要卻得不到」與前幾天發生的事件有所不同。那天我大發脾氣是因爲我（不理性地）覺得受到不公平的指責：我試圖努力招待客人這些俗事，心情一直很緊繃；我竭盡全力想在各方面讓親密老友艾莉諾開心，卻愚蠢地覺得受到她的抨擊。當然，我以自己的插花爲傲，無法容忍枯萎的花朵出現，但是我的反應實在太過誇張了，正是這一點讓人驚愕。在這樣的時刻，我眞的覺得腦子要爆炸了，大發脾氣無疑是一種釋放，可是代價是換來深深的內疚與羞愧。古羅馬詩人賀拉斯（Horace）說：「發怒是短暫的瘋狂。」

有時我也想知道，像我這樣容易動怒的人（法國人稱這種性格爲容易沸騰溢出的「牛奶湯」〔soupe au lait〕，大發脾氣莫非是內在抵抗瘋狂或疾病的安全閥。母親把她對父親的怒氣藏在心底，我看見她壓抑的結果是偏頭痛與心律不整，我只提這兩個結果就好。神經系統非常神祕，正是那讓她氣憤的事情給予她驚人的力量去應付各種磨難。憤怒是隱藏的火焰，這道火焰支撐著父親與我，讓我們度過從比利時逃難到美國的艱困歲月，後來逐漸在美國安身立命。

我內心極度緊繃的狀態如果運用得當，會變成良好的工作動力，但當它失去平衡，對我就會有極強的殺傷力。這些日子，我的難題就是如何讓這種良好的工作動力獨立出來，換句話說，就是如何及時關小火候，這樣一來，牛奶湯就不會沸騰到溢出來！

9月29日

昨晚預報有霜降，因此我出門抱回好幾大枝番茄，番茄仍綠，我把它們掛在樓上的洗衣間裡，希望幾天內它們就會成熟。接著我摘回所有找得到的嬌嫩小花，包括金蓮花、大波斯菊，一些矢車菊，幾朵遲開的玫瑰花，最後，我把三株秋海棠與紅色天竺葵栽在花盆裡，抱回屋內。秋海棠開得極爲旺盛，去年冬天它在室內生長，而今年夏天都在室外。生命力強的植物總讓人感到莫大的安慰。做這些雜務時已將近黃昏，光線暗淡；到目前爲止，這個秋天不算是讓人愉快的秋天。今天早晨，葛雷西・華納將樹葉耙攏，又修剪了草坪一次，那時天空布滿烏雲，像是快要打雷了。我渴望球莖的到來，初秋的園藝讓人憂鬱，但是種植球莖讓人滿懷希望，也總是讓人心情激動。等到這個古怪、熾熱、變幻不定的九月過去，我一定會爲到來的十月感到快樂不已。

多年來，我首度再聽〈亡兒之歌〉[6]，我想這是一種象徵。我並未痛失孩子，而是我內在的嬰孩不得不被迫長大，那個嬰孩的哭喊與怒氣也因此受到壓抑。寫完這一句，我想起美國詩人露薏絲・博根（Louise Bogan）對凱特琳・湯瑪斯[7]著作《消磨餘生》（*Leftover Life to Kill*）的出色評論。露薏絲寫道：

6〈亡兒之歌〉（Kindertoten lieder）是十九世紀晚期的奧地利作曲家馬勒（Gustav Mahler）以德國詩人呂克特（Friedrich Rückert）的詩句爲題材所做的歌曲。

7 凱特琳・湯瑪斯（Caitlin Thomas）是威爾斯詩人迪倫・湯瑪斯（Dylan Thomas）的妻子。

純眞與激狂都很可怕，事實上，人類學所知的每個部族都強迫青年遵循嚴格的風俗，這些風俗堅守兩句基本格言：成長與冷靜。人們發現，成熟意味著必須壓抑強烈的情感，包括喜怒哀樂——這些不理智的情感會擾亂內心的寧靜。古希臘人畏懼那些違抗眾神意志的人，希臘悲劇的莊嚴合唱一再對那些情感奔放的男女提出警告與提醒，設法讓他們變得理智，狂妄傲慢無疑會受到眾神的懲罰。然而，想達到出色的成就，純眞的心靈與激狂的情感不可或缺，少了這兩者，藝術就不可能存在，這是永遠不變的眞理。多年來，大多數人早就永遠失去這些特質，凱特琳・湯瑪斯卻證明，她是少數仍能保有這些危險性格的人之一，且達到了極爲純粹且運用自如的境界。

然而，凱特琳・湯瑪斯並非偉大的藝術家。從前露薏絲經常對我說：「把惡魔從妳的工作中趕走。」我對這句話思索甚多。我認爲藝術作品（尤其是詩）是上帝與我之間的對話，它必然代表了解答，而非衝突；衝突確實存在，但應該透過寫詩解決，憤怒與尖叫的禱告不宜傳進上帝的耳朵。我的生活裡確實有惡魔，但我一直不讓它干擾創作，如今它揚言要毀滅我最在意的事，因爲我談了一年半的戀愛，這個惡魔想讓我的隱居生活一蹶不振，讓我感到無比寂寞。目前我努力著駕馭這個惡魔，設法讓所有黑暗變得光明。是時候了，是我該成長的時候了。

前幾天我問一位朋友：「人如何才會成長？」她停頓了片刻才回答：「思考。」

「……幸福的經驗也是最危險的經驗，因為幸福滋長了渴望，愛的聲音讓空虛與孤獨迴盪。」[8]

8 摘自弗朗索瓦・莫里亞克（François Mauriac）作品。弗朗索瓦・莫里亞克，法國小說家，一九五二年諾貝爾文學獎得主。莫里亞克在法國波爾多出生，一九〇五年在波爾多大學文學系畢業。他的主要作品有詩集《握手》、小說《愛的荒漠》等。

10月5日

醒來時，映入眼簾的是罩著寒霜、蒙上燦爛銀輝的草地，明亮的陽光從黃色樹葉間灑落，映在穀倉上。如果沒有這片寧靜的空間安撫我的眼睛，我會怎麼樣？一個充滿神祕性的場所，是我離開又回來的原因，彷彿深深吸了一口氣的感覺。每次離開，甚至只是一個週末，我就得整理房屋與花園。有些東西隨著人的離去而消逝，必須重新恢復生機。

我收到一大堆信，還有幾樣美好的驚喜，包括一朵埋在香草裡碩大的馬勃菇，還附帶烹調說明；這朵蘑菇很神祕，我從沒見過。另一個包裹裡是一罐自製的無花果果醬。這些禮物都不是花錢買來的，而是親自出門尋找或親手製作而成，讓我感覺很幸福。

我努力把這些東西拋在一邊，包括三十封左右的信件，因爲在這清朗的秋光裡，當我沿著康乃狄克河開車回家，駛近布瑞特勒波羅鎮與老友般的小山丘相遇時，就已決意保留內心的空間寫首詩。失去讓我對一切敏感，這些短暫的週末、遭到連根拔起的愛、在壓力下未能盡善表現自己都讓我痛苦不堪。這首詩的內容與沉默有關，確實只有在沉默裡，戀人方能懂得那些已知的事，他們在沉默裡的體悟深邃而豐盈，從手心到腳底都受到滋養；片刻之間，赤裸裸的我彷彿被愛包裹。但回來時，卻在孤寂中顫抖，不得不再次面對孤單，馴服寂寞。一走進家裡，毫無溫情的感覺，只有潘奇發出一聲歡迎的尖叫。屋裡沒有鮮花，只有陳腐的菸草氣味、緊閉的窗，我的生命正在某處等待著我，渴望著我重新創造。

在其他的包裹裡，發現了《愛的種種》（*Kind of Love*）首刷本，一看就知道諾頓出版社用心設計了美麗的書衣。我包裝了三本送給朋友，然而此時此刻沒人在這裡與我一起慶祝實在掃興！

秋天的番紅花漂亮得不可思議，淡紫色的紫菀花十分嬌美，就像藍色火焰在落葉間燃燒。我摘了番紅花與幾朵遲開的玫瑰，插進威尼斯玻璃花瓶裡，擺在這間舒適屋子裡的壁爐台上。接著是動手做晚餐。那朵馬勃菇一經煮過，呈現可怕的黃綠色，味道很苦。

今天早晨，含淚醒來。我很想知道，一個人快六十歲了是否還可能徹底改變？我能學會控制下意識的怨恨、敵意和矛盾心態嗎？倘若不能，我將失去心愛的人。我束手無策，只有一分一秒地活下去：放置鳥食，整理屋子，努力築起周遭的秩序與寧靜——縱然內心無法達到此一境界。此刻是早上十點半，外頭陽光燦爛，屋內顯得黑暗。我的視線越過走廊，望向那個舒適的房間，那兒完全籠罩在暗影裡；我望著盡頭的窗戶，望著窗外金黃與翠綠的葉子在陽光下顯得透明。

此時此刻，我的書房裡，秋天的陽光如此澄明清朗，它呼喚著我的內心與它一致……純淨，純淨。

10月6日

每當期盼著某人來共進午餐，這一天就顯得格外不尋常。滿室擺著漂漂亮亮的鮮花。安妮・伍德森今天要來，我知道她會留意到這些鮮花。我的朋友裡，鮮少有人打量這屋子的眼光跟她一樣，或許是因爲她曾獨自住在這裡，那時她修剪樹木、除草，甚至整理放了床單枕套的櫃子，把這裡當成自己的家。

這一天，天氣和煦，出門拿信，停下來抬頭望著白蠟樹，樹葉已落光了。想到這一切不久都將消損殆盡，只剩下樹幹，就讓我感到高興。這是大自然向葉子與色彩所做的華麗告別。我想著這些樹木，它們就這樣輕易地離去，任憑一季茂盛的葉子凋零，毫不悲傷地離去，進入樹根深處，爲來年的重生而沉睡。這些日子，我不斷地回想起詩人艾略特（T.S. Eliot）的詩句：

教我們在乎與不在乎。
教我們安靜坐定。

馬勒的〈告別〉[9]（德國指揮家布魯諾．華爾特〔Bruno Walter〕與英國女低音凱薩琳．費里爾〔Kathleen Ferrier〕合作演出）也表達了同樣的思想，每年秋天我都重新聆聽這首曲子。然而，馬勒的〈告別〉是對失去的哀嘆，是面對離別的抒情長嘆，至少到了最後幾個長樂句才流露出寧靜與放下的心境。我與海倫．米爾班克昨日去湖邊野餐，在波光粼粼的湖面映襯下，金色樹葉與美麗的紅色小楓樹閃耀著透明光澤，當下我想到了這首樂曲。

除了人類之外，大自然還有其他絕望的生物嗎？一隻腳卡在陷阱裡的動物看起來並不絕望，牠太忙於求生了，一切都囿於某種靜止而緊繃的等待，這就是關鍵嗎？不斷忙於生存。學習樹木吧，懂得失去是爲了重新獲得。記住，一切都不會恆久不變，甚至心靈傷痛也不會永遠存在。靜心等待，讓一切過去，放下吧。

9〈告別〉是馬勒《大地之歌》（*Das Lied von Erde*）的第六樂章，這個樂章取材於孟浩然的〈宿業師山房待丁大不至〉與王維的〈送別〉，大意是大地在萬物休憩與睡眠中深沉呼吸，但春天最終會再度降臨大地。

昨日，從鳶尾花的花圃裡挖出紫羅蘭，鳶尾花就像地下的果實，一團厚重的根莖阻礙它的成長。我發現了一朵異常芳香的紫羅蘭與幾朵秋水仙。一小時的辛勤工作後，陽光暗下來了，我沉浸在泥土的潮濕氣息裡，一切再度顯得井然有序。

10月8日

不知是心靈成長達到某個境界或者只因爲秋日的陽光，我再度見到前方的道路，這意味著我重新找回**自己**。今天早晨發生了兩個小奇蹟：還賴在床上時，望向窗外（這是個薄霧輕籠的早晨），草地上竟出現「日光映半岩」的景象，那一刻，我明白愛爾蘭詩人奧立佛・戈加提（Oliver St. John Gogarty）那行詩縈繞心頭多年的原因了，因爲看著那塊花崗岩石一半沐浴在陽光下，一股純然的喜悅忽然湧上心頭。後來漫步澆花時，一束陽光宛如聚光燈一樣，投射在一朵朝鮮菊上，讓我在書房門口停下腳步。深紅花瓣與黃色花心流光溢彩，後方暗影裡有一株淡紫色紫菀、一簇橙粉色的芍藥葉子，以及艾莉諾曾經摘給我的伏牛花。這朵朝鮮菊彷彿把秋陽注入靜脈。

阿諾德前來修建穀倉的新地板，巨大的木板下面全都腐爛了，修建費用勢必比我們最初想像的高，世上很多事情總是如此。

昨日，我與安妮去了兩趟美麗的遠足：首先，我們到萊芝市，那裡的田野還有著流蘇龍膽花，鮮豔的藍花靜立於麥茬之間，實在讓人興奮極了。我一直不大相信那裡還會有流蘇龍膽花，因爲起初好一段時間根本沒看見；後來繼續往前走，它們竟然出現了，一朵接著一朵，一根花莖上有三或四朵花。接著我們在銀湖湖畔坐了片刻，湖水平靜如鏡，湖的盡頭，倒映的山景宛如淡藍色幽靈，陽光從糖楓的豔紅樹葉間灑落。寧靜至極。

每次見到安妮，總能學習到許多自己原本不懂的東西。周圍仍有帝王蝶四處飛舞，我們盯著其中一隻看了好一陣子，看著牠吮著花園裡秋水仙的花蜜，一邊緩緩拍翅。安妮告訴我，現在帝王蝶正往巴西遷移。眞的是巴西嗎？總之是此地以南數千英里外的地方。

她帶來兩幅畫，其中一幅描繪我的十四行詩〈光年〉，另一幅描繪的則是結合了放大的紅色雪莉罌粟與我們墓園裡一塊古老的石板墓碑，象徵死亡的墓碑放在異常脆弱的罌粟花裡；安妮採用平面繪畫的技巧，當然，風險就是這幅畫最後純粹流於「裝飾」，缺乏層次；然而，我覺得這幅畫很成功，安妮的才華就在於她能創造詩意的綜合，這是對於眞實事物的想像。

再說一次，對我來說，詩是鍛造靈魂的方法。或許我最終將學會順應自然，這就是詩歌復甦的結果。

10月9日

最終這眞的發生了嗎？感覺自己就像從絞刑架獲釋，體驗到內心深處的美好泉源，詩就出自於此。今年等了好久，盼著輝煌時刻。忽然之間，巨大的楓樹轉爲金黃，山毛櫸變成黃色，帶著的一抹綠，讓黃色顯得更黃。花園裡仍有金蓮花可採，我得認眞幹活，種下剩餘的球莖。

順應自然談何容易，困難得惱人，但又必須如此。我一向總是過度焦慮，無法放下註定會消逝的東西，抓緊不放勢必對愛是一種扼殺，愛宛如一隻小貓，不能抱得太緊，或是一朵花握得太牢，它就會凋謝。順應自然，昨日與今日我都感覺到，這裡的生活讓我的靈魂豐富、深邃、自由。

這確實是突破。許久沒寫十四行詩了，然而每次遇到生命裡的重大危機，自己的心靈達到澄淨時，那種澄淨讓痛苦昇華，十四行詩就湧現了。整首詩衝進我的腦中，根本無法停筆，直到寫完它想表達的一切。

早餐前，我出門塡滿餵鳥器，發現了三朵碩大的蘑菇。目前爲止，只有松鴉前來，其他的鳥應該也將紛至而來。

10月11日

我實在是可笑。爲了避免再度陷入憂鬱，邀請朋友共度這個週末，殊不知原本應該逐漸好轉，開始寫詩才是。正是秋日時節，然而隨著前院草坪上一層層落葉越來越厚，覺得自己就像睡美人一樣被圍了起來。開著車，沿著小溪，行駛在兩旁栽有山毛櫸的蜿蜒大道上，那番絢麗的景致難以用言語形容。一排排透亮的金黃綿延不斷。星期天，蘿麗・阿姆斯壯來吃烤牛肉晚餐。天快黑的時候，我出門種了一百多株鬱金香，花了兩小時；這並非艱巨的任務，但我得四處騰出空間給它們，拔掉雜草，分開多年生植物，還要拯救被蔓生的紫羅蘭淹沒的鳶尾花。我其實只在春秋兩季除雜草，因此現在得對付雜草叢生之地。做這些雜務，讓我感到辛勤勞動帶來的快樂，心情平靜。在這個陰天的向晚時分，光線黯淡，有些寒冷，但泥土的苦澀氣味是一種滋養。

無法相信自己已擺脫過去幾個月的痛苦，然而截至目前，確實感覺到心境改變了，或者說變得眞正獨立自在了。我在這裡的生活極不穩定，並非總是對自己的工作堅信不疑，但是最近這些日子，再度覺得在此地的奮鬥非常重要，無論我是不是個成功的作家，那些努力都深具意義，就算奮鬥失敗了，缺乏勇氣或是因爲難以相處的脾氣而失敗，那些努力都意義非凡。這個年代，越來越多人爲生活所困，越來越無法發自內心做決定，眞正的選擇也越來越少。一個單身的中年女人，沒有親人，獨自住在這棟坐落於寂靜村莊的房子，只爲自己負責，這件事本身就別有意義。身爲作家，能講述自己的心靈狀態與內心的苦旅，這讓人感到欣慰。人在黑暗裡，知道沿岸石島上有著守燈塔的人，便感到慰藉；我有時在天黑後出門散步，看見自己的房子燈光明亮，彷彿充滿活力，頓時覺得在這裡受到的所有痛苦都值得了。

有時間思考，簡直是莫大的奢侈。我有時間做我自己，因而我的責任重大。我在有生之年應該善用時間，發揮自己的能力，這並不讓人焦慮，眞正焦慮的是，我的生活失去了與許多人聯繫（彷彿透過天線一樣）的感覺，即使我不認識那些人，而且永遠也不可能認識。那些信號無時無刻不在傳送與接收。

爲什麼對我來說，詩似乎永遠都比散文更像眞正出自靈魂的作品？寫完一頁散文，不會讓我感到興高采烈。雖然我在寫一些好作品時極爲專心，至少寫小說時充滿想像力，或許是因爲散文是掙來的，詩是付出的。兩者都可能會幾無止境地修改。我不是說自己不對詩下工夫，遇有靈感時，一首詩我可以草擬上百遍，並始終感到興奮。然而只有當我受到上天眷顧，內心深處敞開時，才可能這樣持續與詩奮戰。也唯有這個時刻，深感激動又心平氣和，詩就會傾瀉而出，遠非我的意志所能控制。

我經常想像，如果隱居一段時日後，發現不再有人讀我寫的東西，我仍會繼續寫詩，但不會再寫小說了。爲什麼呢？或許是因爲詩主要是自我對話，小說則是我與別人的對話，兩者來自截然不同的存在模式。我想我寫小說是爲了找出我對某件事的**想法**，寫詩是爲了瞭解對某件事的**感覺**。

10月14日

天氣再度開始變得酷熱，讓人精疲力竭。大楓樹的葉子幾已落光，但花園外不遠處的山毛櫸仍有一層閃閃發亮的金黃葉子。房子四周鋪滿一層厚厚的落葉，以至於我覺得自己被半埋了；此刻華納一家人前來耙起樹葉，謝天謝地，簡直就像援救行動。

天色灰濛濛，沒有放晴的跡象。有種危機潛伏在我創作的十四行詩裡，或許寫得太多又太快，任憑情感氾濫，而不是駕馭它、清晰地表達出來，這是疲累的徵兆。

昨天與丹尼共度了美好的一天。苦難讓二十歲的丹尼變得睿智多了。我們知道彼此都飽受痛苦，而且痛苦的原因可能一樣，那就是我們清楚地知道自己某些事做不到，或是無法**成為**希望的模樣。他將會是一位出色的教師。

我會記住他倚坐窗前，身後是一片金色樹葉的畫面，微紅的長髮及優美的頭型，讓他看起來比任何時候都像文藝復興時期的青年。最近幾年，他變得更結實了，儘管傷痛仍在，但是多了幾分力量。我們談起忠誠這個問題，兩人聊了許久；我一直想聊這個話題，因爲每當分析自己的感覺時，經常會被批評不忠實，我想這種不忠實是指小說家的職業病吧。之後再談這件事，我得好好思考這個問題。

10月17日

長長的溫暖秋天結束了，昨夜寒霜降臨，天空陰冷灰暗。今早醒來時，外面在下雪！雖然只一陣子，卻代表氣候正在變化！昨日摘回來最後的金蓮花，已枯萎了，就連歐芹也微微受到影響。從花園摘來的花只剩書桌上的一束了，包括幾朵黃色的萬壽菊、一朵淺黃帶粉的玫瑰花、其他兩朵含苞待放的花；自家種的花朵混雜了春夏秋的花兒，惹人喜愛，完全不是花店那些看似都差不多的花朵可媲美。

最近幾乎無法持續的寫日記，因爲我在寫詩，寫詩耗費了我大量心力。有些事在心裡騷動，縈繞不去，但無法理出頭緒把它們寫下來。今天想思考「忠誠」這件事，事實上，只有透過書寫，方能仔細思考某件事。有趣的是，《牛津語錄》（*Oxford Book of Quotations*）與巴特利特（John Bartlett）的《古今文學常用語錄》對「忠誠」這個主題幾無著墨，但是「忠誠」無疑是與人際關係、信任相關的重要概念。我被指責是不忠誠的人，因爲我談論許多人沒說出口的祕密，尤其是與某些「不該知道」的人討論包含我在內的人事；舉凡涉及感情的事，我口無遮攔。我的職業就是分析感情。

金錢的問題也一樣，同樣是關乎人性的問題，不管人際關係問題或花錢如流水，我相信都是好事，至少展現了對人生的視野、品格。我想或許胡說（與人事有關）、浮誇（與金錢有關），與口無遮攔和隨意花錢之間有著確切的差別？許多年來，我手頭拮据，現在有錢幫助別人了，有時竟因爲無比喜悅的心情而說了出來，我一直對此感到驚訝。從來沒有某個繼承大筆財富的人會這樣做，我想他們會認爲幫助別人是**責無旁貸**的事。我的行爲無疑會讓某些人感到震驚。我眞的會像一個孩子四處跑著大喊：「瞧瞧我找到的寶藏！我要把它送給彼得，他正發愁，或者送給貝蒂，她生病了。」這讓我想起從前我、科特[10]、詹姆斯・史蒂芬斯在一起時，不斷幻想如果我們變得有錢的話會做些什麼……變成**超級**有錢人就代表不必煩惱每星期的花費了！對我來說，變成超級有錢人意味著有了餘裕，而我可以與別人分享這種餘裕。

當我談到自己的生活，或是談到許多人以不同方式參與我的生活時，我不會覺得自己不忠實。我期望自己做到的忠實比較複雜，例如我不會利用我知道的他人隱私來達到目的，那樣輕率又不忠，但是我認爲我們能從自身經驗與他人經驗獲得教訓，並透過不斷思考，從中汲取人性眞諦的養分。我希望分享這些洞察、

10 這裡的「科特」指的是俄羅斯裔的譯者科特林斯基（S. S. Koteliansky）

疑問、古怪、困境、痛楚，而且認爲這樣做很自然。爲什麼？我想其中一個原因是一個人越能理解人們的命運，就像我透過讀者知道了許多人的命運，就越會瞭解到很少人稱得上幸福，知道人際關係的深層是多麼複雜嚴苛，多少人掩藏了眞正的痛苦、憤怒、絕望，只因爲他們認爲自己的痛苦與眾不同。其實我們同搭著一艘船，有著一樣的命運，誠如許多中年女子都寫信來述說絕望的心情，瞭解這一點讓人感到寬慰。

我的情況是，正設法維持著一段不太簡單或者說不容易的愛情關係，我會與眞心的朋友討論這件事，期望獲得啓發。最近與D聊天，分享從愛情的痛苦裡所學到的教訓，令人感到莫大欣慰。我們能如此聊天，對我是項榮幸，並不認爲這樣對雙方的伴侶不忠。爲什麼？因爲我們之間很「純潔」，分享經驗是爲了進一步的瞭解。幾個月前，我們第一次交談時，我與D無疑就相互「欣賞」，自從三十多年前認識比爾・布朗以來，第一次這麼激賞另一個人。我與D就像同類型的人，反應敏捷，個性敏感，性格磊落。這樣的人鮮少過著幸福的生活，但他們確實不斷成長與改變。英國作家吉洛德・赫德（Gerald Heard）說：「一個人必須毫無設防，方能不斷改變。」當我談到身爲詩人的感受與過了盛年繼續寫詩的感受，總是想到這句話。這樣的代價很高昂，所以我必須緊緊擁抱像比爾・布朗與D那些我深深欣賞的人。

10月28日

今早醒來，眼前一片銀白世界，草地被一層厚厚的霜掩蓋了，昨日下午，花圃上的雲杉樹枝看起來就像被人噴成銀色……天空蔚藍，陽光如此明媚！我正在爲施里夫波特（Shreveport）的一場「詩人的樂趣」演講寫講稿（下星期我要去達拉斯與施里夫波特兩個地方）。我想到的第一個樂趣是陽光，這間房子總是充滿陽光，此刻呈現藍綠條紋的燦爛陽光正照在那個舒適房間的沙發上，半小時前，光線聚集在房間的一盆黃菊花上。往外望去，所有樹木的葉子都掉光了，只有一棵楓樹例外，襯著藍天，高大的樹枝上仍有半透明的暖金色葉子，這些葉子像音符一樣，一片接著一片飄落。今年的秋天很古怪，猶如熱帶的酷熱多雨、多雲，一直見不到燦爛的陽光，能如此享受一下很美好。

昨天在花園裡忙著入冬前的最後工作，那一個小時實在太愉快了。我訂的鬱金香與其他球莖還沒送來，我猜是因爲聯邦包裹公司罷工，但是無論如何，我決定最好先把花圃蓋起來，以免提早下雪。溫・弗蘭奇運來了四大捆乾草，我解開草捆，把乾草厚厚的鋪在冬季冷風會侵襲的房屋北面與東面底部。華納家帶來一捆雲杉與松木，這樣一來，除了三處邊界之外，還可以把整個花圃蓋起來。經過這樣的處理，花園看起來很整齊，此時已是黃昏時分，小山丘起初呈現溫暖的玫瑰色，接著轉爲紫色，夕陽落山的前一刻，把教堂的長窗照射得宛如明亮的火焰。

我把詩人的樂趣都寫了下來，包括陽光、獨處、大自然、愛、時間、創作本身。歷經了幾個月的憂鬱，我忽然在這幾個方面充滿了活力，並有所體悟。

10月30日

昨日又是陽光明媚的一天，傍晚時，我把整個花園都覆蓋了。巴德・華納帶來的第二批樹枝幾乎都是鐵杉，比雲杉輕多了，而且有益於四月的春季抽芽。整理期間，忽然發現一朵正在綻放的深紫色三色堇與兩朵秋天的番紅花，我把它們插在書桌上小巧的素燒日本陶瓶裡。番紅花立刻綻放開來，可以看見淡紫色花瓣上有著細緻的紫色葉脈，還有鮮豔的橘色雄蕊。透明的番紅花、色彩濃重的三色堇花瓣、深綠色葉子，畫面令人驚豔，眞希望我會畫畫，可以把它畫下來。

但最讓人喜悅的是陽光，美妙的秋陽終於出現了。就我所知，世上任何一處的陽光都比不上此地的陽光，這是新英格蘭地區[11]的無上光榮。我再度獨處，找回了喜悅的心情，我確信這片明亮的天空與這種心境有著緊密的關係，就連空氣

11 新英格蘭地區（New England）指美國東北部六州的總稱。

中的一絲冰冷也讓人興奮不已。然而，我覺得疲倦，每次外出演講前，我總是陷入低潮；無論多麼抱怨這裡的寂寞，每當外出的時間到了，我還是不想離開。

儘管再度感到愉快，卻也難免一股失落。詩不再自然流瀉出來，我又變得更「正常」了，連續幾個月的淚如泉湧與強烈的情感已不復存在，內心變得平靜，或者說幾近平靜。但付出何等的代價？出門之前，還得寫信、努力清理書桌。這一週都在寫一首十四行詩，寫了幾百張草稿。這首詩不可能完成了，或許是我過於費心，因此扼殺了它。

11月9日

又回到家了，陽光顯得更加燦爛。昨夜的月光非常明亮，我失眠了。發現了裝著球莖的大箱子。球莖終於來了。現在正值緊要關頭，地面快要結凍了。確認是荷蘭碼頭罷工耽擱了這些球莖的運送。

講演很順利，達拉斯與施里夫波特的聽眾都聚精會神地聽講，這次至少讓我體驗到一首詩眞正發揮效果時，那種絕妙非凡的鴉雀無聲，也瞭解到唯有在一大群素不相識的人面前，一首詩才可以被聽見，因爲我才朗讀得出來，才可以抑揚頓挫地朗誦一首詩，並賦予意義；如果是爲一位密友朗讀，我永遠不可能眞正發揮出來。一開始，情況有些不順，那是因爲經過長途飛行，我仍有些心神不定，也還沒適應過來，一時無法融入新環境的氣氛。當然，更因爲十多年前，我也到過德州[12]演講，清晨七點半，我被茱蒂打來的長途電話吵醒，她說我父親坐計程車去機場，準備前往加拿大蒙特婁講演時，路上心臟病發，被送回來幾分鐘後就去世了。那個回憶與甘迺迪被刺殺的陰影經常縈繞在我腦海。

心理的不舒服有時很強烈。我遇到的女人都很和善，顯然也很溫柔、敏感。然而，她們會忽然露出冷酷的眼神，那是對甘迺迪家族的眞實仇恨，儘管甘迺迪

12 達拉斯位於德州。

家族接連發生悲劇，但是這種敵意仍然不減。除此之外，涉及種族問題時，她們的心門會關上。我知道這正是喪失的一種跡象，她們喪失了主僕之間愛的溫暖，對這些人而言，黑人力量的崛起讓人困惑，意味著背叛了過往的忠誠與美德。處在這種氣氛裡，一個人如何能理解爲何許多黑人斷定全力抗爭才是改變事情的唯一方法？

這件事大都在我的預料之中，但最沮喪的是自私心態，這些人的世界如此狹隘，外在的任何東西、任何痛苦都不能打破他們的界線嗎？還是沒有必要？顯然甘迺迪被刺殺一事只是讓這個圈子更緊密[13]。

我對人類的文明教養有了最深的體會，原來它只是一層薄薄的膠合板，就像一棟新房的表面由磚頭砌成，內裡用的卻是其他材料。更不可思議的是，當你在秋天輕快地走過法國鄉村風、西班牙風、都鐸式豪宅前的土地，見不到任何落葉

13 美國前總統甘迺迪（John F. Kennedy）支持黑人平權。

掉在那些乾淨的草坪上！這些房子與花園十分美麗，卻缺乏詩意。人們應親手照顧自己的花園，即使偶爾荒廢，而不是由與之毫無情感的園藝公司來種植修剪，這樣的花園才有詩意存在。

施里夫波特是更迷人、更適合生活的城市，達拉斯則顯得很沒人情味，過於富裕，過於嶄新。在達拉斯，一幢五十年的房子就被視爲諾亞方舟般古老，「必須被拆除」；達拉斯的女人迫切需要「現實」，這種現實不存在於高檔的尼曼馬庫斯百貨公司賣的毛皮大衣裡，也不存在於時尚的變化或重新裝潢的住宅，更不存在於前往「適當地點」的旅程。你可以在客氣有禮的閒談中，感到一股鄉愁——一個百無聊賴的孩子不明白自己缺乏什麼，但是知道自己被剝奪的某些對身心健康不可或缺的東西。這些女人不會爲世局心煩意亂、努力奮鬥，或氣憤塡膺；也不會因爲做不到美國東部女人做到的事而感到內疚；即使幸福，也毫無充實感。雖然很難明確解釋，但在廣大的天空下，置身房子與昂貴汽車等眾多「美好」中，我感受到的是寂寞；或許奢華有餘，卻缺乏品質，僅僅彬彬有禮並不夠。

我在演講時避談政治，朗讀不受爭議的詩，但是午餐時間以及在台下與聽眾見面時，我會熱情的對話，尤其是當有人幸災樂禍地提及甘迺迪家某個孩子吸大痲被逮捕，更會激昂地說出內心話！

眞慶幸沒出生在糟透的美國北方。就地理劃分而言，我不屬於任何範圍，因此有時可以直言不諱而不致冒犯別人。

於是，天啊，回到家眞是棒透了，回到可愛破舊的劍橋鎭，回到不平坦的磚頭人行道，回到未經修剪的花園，回到鋪滿落葉的草坪，再度看見穿著愚蠢衣服、手牽著手散步的年輕人，回到親愛的茱蒂與貓咪的身邊！我們都有點蒼老疲憊，卻很幸福。我彷彿有了全新的視野。清朗的天空下，駕車來到納爾森鎭，它看起來就像天堂。刷上白漆的護牆木板、老舊的磚頭，我那瀕死的楓樹都如此美麗；一切都猶如閃閃發亮的奇蹟、鼓舞心靈的珍寶，爲每一個看見的人展現何謂眞正的**優質**。

11月10日

昨日晴空萬里，種完百合花的球莖與最後的鬱金香，已是向晚時分，小山成了紫色。今日的天氣陰冷，天空低沉，一片灰濛濛，看起來快要下雨或下雪了。

昨日我諸事不順，心緒混亂，彷彿並未眞的著陸。寫了太多信，卻從未靜下心來，其中一個原因是莫霍克航空公司（Mohawk）星期三晚上罷工，而我星期四早上要從基恩市飛往紐約。整整一個月以來，時間被切割得零碎，再加上每週末都忙東忙西，寫詩的心情消失了，腦海中不再忽然有詩句浮現，繃緊的弦變鬆了。

我本身很懈怠，需要約束，必須重新建立秩序以克制回覆大量來信的衝動，和伴隨《愛的種種》出版後而來的興奮。我茫然無措，必須從內心重整。有正常工作的人們可能不瞭解，安排毫無外力規範的一天會有這樣的問題。太陽早早就下山了，到了下午四點半，屋內就得開燈。既然蒔花弄草的季節已經結束，意味著我得找一些一般的瑣事來做，例如整理檔案室（這個想法很可怕！），每日清晨持續寫這本日記，還有至少為那本書謄寫一首詩並加以修改，書打算在一九七二年的春天出版，慶祝我的六十歲生日。如果說有什麼動機的話，那就是一向的自我要求與自我探索，為了那永不休止的旅程，永遠整裝以待。

對此地生活的另一個印象是這裡像清算所，當太多訊息忽然湧入，電腦就故障了。昨天下午，Z歇斯底里地打了兩通電話過來，讓我想起當初狀況很糟的自己，那段悲慘日子裡，煩躁、哭泣、自我辯白、痛苦的自己。Z這一年過得很艱辛，她的親友過世，又不幸失業，同時試著寫一本很困難的小說（關於種族問題，她對這個主題知之甚詳）。

不知為何，我們開始爭論暢銷書的事，真是讓人驚訝！每個有抱負的作家都說過這樣的話：「我不會為了寫暢銷書而妥協！」彷彿他們寫得出暢銷書一樣！也許有些暢銷書完全名不副實，但一般而言，我相信每位作家都是盡力而為。創作高手才寫得出暢銷書，就像巧匠方能打造出上等的工藝品，身為專業作家絕不能抱持「只要願意妥協就能寫出暢銷書」的輕蔑態度，絕對不行，問題在於看法與寫作的類型。有些偉大作家的作品一直是暢銷書，例如狄更斯、詹姆斯・喬伊斯、安東尼・特洛勒普[14]、海明威；有些偉大作家的書不暢銷，例如維吉妮亞・吳爾芙，或者只是運氣不好（她的《歲月》〔*The Years*〕是暢銷書，但不是她最好的作品）。我們盡己所能，抱著最大的期望，而就銷售來說，我們都知道「暢銷」只是運氣問題，唯一不靠運氣的是，我們捫心自問是否達到個人標準。

我聽著英國國王學院唱詩班演唱佛漢・威廉斯（Vaughan Williams）創作的〈彌撒曲〉，開始新的一天。有些日子只有宗教音樂才有用，置身在永恆之光裡，日常瑣事與沮喪都消失了。這一切都是因爲走進永恆之光。

14 安東尼・特洛勒普（Anthony Trollope），英國維多利亞時代的出色長篇小說家。

11月11日

昨夜躺在床上久久睡不著，認眞想了又想。或許是因爲在車上的廣播裡得知法國前總統戴高樂去世，以及聽見一段短短的精彩評論結束後的一連串想法吧。主要說的是，全世界都在悼念一個完人，而完人如此稀少，因此戴高樂的逝世不僅是法國的損失，也是全世界的損失。評論員也提到有些人批評戴高樂過於愛國，指摘他擁有法國人的神祕色彩，不過換作戴高樂來自這些批評者的國家，這些人又會因爲同樣的理由來稱頌他。事實上，他做到了難以做到的事，他的名字確實應該與羅斯福、邱吉爾、史達林（天啊）這些名字並駕齊驅，因爲他們每個人都象徵了一個國家的生存意志，一個國家認爲在危機時刻，甚至被打敗時，能顯現的眞實自我。仔細想想，戴高樂最了不起的政績似乎是一手主導阿爾及利亞戰爭的結束，他讓這場戰爭在相互尊重與不引起內戰的情況下告終，這是正義與道德的勝利。

對政治家而言，「完整」一詞與使用自己的語言說話有關。戴高樂沒有「演講作家」（發言人），這種概念本來就很可笑，如果一位領袖允許別人代表自己發言，那就是失職。誰透過美國總統尼克森說話？誰寫了那些話？誰也無法確定，尼克森與副總統艾格紐都成了傀儡，誰在幕後操縱他們？沉默的大多數？輿論？想像裡會投票的大眾？你只要比較這種情況與戴高樂的情況，就會發覺不同之處，即使戴高樂被譴責像個國王，而不像是人民選出的代表。

所以思考到最後，腦子裡剩下的詞語不是「崇高」或「偉大」，而是「完整」。這個詞通常比較屬於男性特質（我的父親具有這種特質，我的母親沒有），或許是因為它不僅與獻身崇高目標有關，也與某種純粹有關，這些人堅持事物的核心，並擁有遠大的抱負，正如英國哲學家懷海德（Alfred North Whitehead）所言：「一個人唯有透過持續的實踐，瞭解遠大抱負的重要，並緊緊掌握這些領悟，才可能成為智者。」

當我們整個人（精神、心靈、神經、肉體、身軀）都專注朝著單一目標，我們就完整了，或者說我們模仿了這個詞的意義。我寫詩時就能體會「完整」的意思。英國首相邱吉爾在倫敦大轟炸時體現了它。戴高樂或許比我們這個時代的任何領袖都更能成爲這個詞的典範。當然，「完整」未必是指他做了某個正確的推斷或行動，指的是一個人的精神不會因爲內疚、疑惑、懼怕而動搖，日本人稱之爲「一心」。

這個詞可能也與有限的情感或限於某些範疇裡的情感有關。我在前面說過，女人很少像男人一樣「完整」，我認爲自己必須回過頭再思考一下。或許對於女人來說，「一心」比較困難，在家務與家庭生活以外，騰出時間做自己想做的事，更是難上加難。她們的生活支離破碎……這是我在許多來信中聽到的哭訴，哭訴她們無法像擁有「自己的房間」一樣擁有自己的時間。姑且不論衝突因何引起，當一個人一整天沒有任何時間解決衝突，那麼衝突就會變得激烈。

理論上，我的父親是女權主義者，但是涉及生活瑣事時，他卻期望有人爲他打理一切，當然，那個人就是他的妻子。他理所當然地認爲，「他的事情」必須優先於其他事情。他成長時受過歐洲中產階級的薰陶，而且是十九世紀的男人，所以我母親沒什麼希望。父親不喜歡她去工作，就算有幾年她在首都華盛頓為貝爾格特時裝公司設計繡花洋裝，收入比他高，他也從未稱讚她。她內心的衝突曾經相當激烈，來自於她對他想做的事深信不疑，但同時怨恨他對她的態度，很氣他完全不瞭解自己要求她做的一切，他們就是無法好好討論這些事。我們這個時代確實有了重大進步，今天鮮少有年輕女性不在婚前設法將一切「講清楚」。女性先是「人」，後來才成了妻子，原本就應該是這樣。

這個晚上到了後來，我又思考著截然不同的生存層次。我思考著隱居，想著它的最高價值。住到納爾森鎮，我不只一次想要自殺，也不只一次體會到幾近與宇宙融為一體的神祕經驗；這兩種心靈情況很類似，一是沒有障礙，另一是完全赤裸地，自我縮小至接近本質。這時，死亡儼然被生命拋棄，因為我們無法放手亟欲挽留的東西，但如果想繼續生存的話，就必須放手。

談及獨居，其實也為窗前那些熱切與飢餓的臉龐騰出空間，包括飢餓的貓與飢餓的人。「獨居」也有其他生命可以**待在那裡**的空間。最近每天都有一隻小虎斑貓出現，牠用陌生又熱切的眼神盯著我；當然，每天早晚，我都會放些食物在外面，我一開門，牠就嚇得立刻跑掉，我一離開，牠就回來狼吞虎嚥，但是牠渴望的東西顯然不只是食物而已。我渴望把牠抱在懷裡，聽聽牠找到庇護的地方後發出安心的喵喵聲。牠會對渴望擁有的東西屈服，因此變得那麼順從嗎？牠跑掉之前，目光如此熱切的審視著我，那個眼神不是懇求，純粹是深深的懷疑：「我能相信妳嗎？」我們緊緊盯著彼此，讓人心痛。

許多年來，一想到地下的球莖在黑暗中努力生長，冒出終究會枯萎的**白色**嫩芽，就感到非常難過。是該正視那個形象的時候了，到目前爲止，我始終逃避，拒絕面對，將它掩藏，彷彿它眞的非常可怕，連想都不能想。

今天是第一次世界大戰停戰紀念日，郵局不送信，因此我的四周十分空曠，我要善用它來寫一首詩。昨天我帶著法國哲學家德日進[15]的《神境》（*The Divine Milieu*）回來，現在極度渴望得到這種精神食糧，爲了忘掉當前的個人問題，我咀嚼著大片的空氣（這是混雜的隱喻，請別介意）。要開始工作了，願上帝與我同在。

我其實只有一個祈願：請讓我懷著對神聖生命的敬畏，做這一天我要做的一切事情。上帝，請讓我與祢同在，儘管我知道那不存在。

明天，世界將再度闖入進來。我要去紐約了。

15 皮埃爾・泰亞爾・德・夏爾丹（Teilhard de Chardin，1881-1995），漢名德日進，生於法國多姆山省，哲學家，神學家，古生物學家，天主教耶穌會神父。德日進在中國工作多年，是中國舊石器時代考古學的開拓者和奠基人之一。

11月16日

在紐約待了四天，從各方面來說，這四天生活得很奢侈，還不得不包括那爲科技發展而感到驚慌的數個小時。在這個不宜人居的城市，即使四處走走都讓人十分恐懼。天空沒完沒了地下雨，那意味著招不到計程車。公車比較有人情味，但是當瑪麗安・漢彌爾頓（Marion Hamilton）與我從旅館出來，準備沿著第一大道與第八街前往劇院時，搭公車實在讓人痛苦，我們必須從這輛公車換到另一輛公車，上上下下，穿越街道，最後從第五大道穿過一個個街區才到達。奧芬劇院附近沒有任何餐館，我們只好走進一間賣三明治與飲料的小店鋪。

由於莫霍克航空公司正在罷工，我差點去不了紐約，最後不得不在波士頓轉機。旅行變得越來越困難了，我用耐心武裝自己，在最終回到這裡之前，我需要這樣的武器。從前的旅行是輕鬆地搭火車，美麗的旅程從波士頓開始，沿著海岸線前進，還有佳餚與平靜的思考時間，如今的旅程變成了等待與忍耐，帶著行李長途旅行，還會碰上易怒的計程車司機，甚至最短的旅行都要奮戰一番才能搭到交通工具。從一開始就焦慮驚慌，筋疲力盡，才終於到達目的地。

11月17日

在機場時，確實地閱讀了幾個小時，完全沉浸在羅伯特・寇爾斯（Robert Coles）第二篇評論美國心理學家愛利克・艾瑞克森（Erik Homburger Erikson）的文章（刊載在十一月十四號的《紐約客》）。文章敏銳的洞察力讓我對自己，以及**現在**發生的一切都有了全新的理解。我在艾瑞克森說的一段話（引自《年輕時的路德》〔*Young Man Luther*〕）下方畫了線：「成千上萬的男孩面臨這些問題，他們以不同的方法解決，正如《白鯨記》的亞哈船長所言，他們半心少肺地活著，世界成了最大的犧牲者。然而，一個人不時被要求（**誰**提出要求？只有神學家聲稱自己知道；**如何**要求？只有糟糕的心理學家聲稱瞭解），要求他認為自己的病況很普遍，要求他試著爲全體解決他無法獨自爲自己解決的問題。」當然，對我來說，關鍵詞是「病況」，因爲這個詞正與詩人或藝術家有關，無論他們是什麼性別。寇爾斯在這篇文章裡也提到：「不是每個人都可以或願意讓個人的恐懼與欲望有機會具有普遍意義。」如果一個人要做到這一點，他的個性必須奇妙地混雜了謙遜與令人痛苦的誠實，**還有**使命感或認同感（這就是困難之處）。一個人深入檢視個人的困境，就會相信它的普遍性，因此如果表達出來，就擁有超越個人的人性價值，而一個人也必將相信，表達這些困境需要某種媒介與才華。

我在紐約見到了出版商與經紀人戴穆德。如同以往一樣，一本文學作品出版後，它的命運讓我苦惱焦慮。小說將在下星期發行，我瞭解它的成功取決於書商是否在第一個星期內再度訂貨！該做的都做了，只能等待，但是這種等待又讓人緊張不安。

瑪麗安與我一起去惠特尼博物館看美國畫家歐姬芙（Georgia Totto O'Keeffe）的回顧展，後來又往下走了一層，參觀規模同樣可觀的艾金斯（Thomas Cowperthwait Eakins）畫展。有趣的是，我注意到歐姬芙一開始就達到了她想要的風格，之後就幾無變化，畫作內容包括簡化的風景、花朵，或者最本質的東西，她放大了這種強烈圖像帶來的孤獨感。有時作品產生的效果讓人覺得只是普通畫作，平淡無奇，甚至感情用事（那幅知名的頭骨與玫瑰），她最優秀的畫作是僅有寥寥數筆與幾片色彩，卻能表現出震撼人心的神奇力量，這些畫讓人們的心靈開闊，能與這樣一幅畫一起生活將十分幸福。

歐姬芙與艾金斯的畫作比較，以及引起的問題相當有趣，遺憾的是，當時我已經很疲倦了，無法專心觀賞後者的作品。歐姬芙的作品風格疏離而抽象，鮮少涉及人本身，而艾金斯仔細研究人物表情，發揮最優秀的功力畫出那些人物肖像，觀畫者的印象是彷彿一整本小說的精華都呈現在肖像裡了。我想起那位少女顯得敏感的表情（她可以當我小說裡的珍・塔特爾），以及某些陷入深思的男人。除了林布蘭（Rembrandt）以外，還有哪個畫家能像艾金斯一樣懂得沉思的表情？還有那些男孩游泳的畫，同樣讓我感動，它們呈現肉體的方式不僅僅透過明暗與肌理，更著重在描繪極為人性與脆弱的心理，即使是肖像畫，卻不落俗套，巧妙而溫柔，眞是細緻極了！

我們去看搖滾音樂劇《無人知曉的我》（*The Me Nobody Knows*），劇本綜合了少數族群孩子創作的一本詩集，由二十個不滿十八歲的黑人、白人、波多黎各孩子表演，極為震撼人心，我很少在劇院裡像這樣深受吸引且激動萬分，那場表演很新穎，提出抨擊，富有詩意，呈現怒氣，這個解放之夜充滿歡喜憤怒之淚。如果這樣的內容能在劇院演出，那麼希望猶在。

最奇怪的是，我看了《無人知曉的我》之後，隔天下午又看了一場表演，那是英國戲劇《家》，表演極為動人，雷夫．理查森（Ralph Richardson）與約翰．吉爾古德（John Gielgud）飾演兩位老人，隨著劇情的發展，觀眾逐漸明白這兩人住在精神病院。他們試圖透過破碎的句子、旁白，或是沉默來溝通……躊躇不定，痛苦至極，這部戲劇沒有淨化人心的作用，我發現那種緊繃的氣氛讓人難以忍受。讓人難忘的場景是，吉爾古德凝視外面的天空（面對著觀眾），望著想像的雲彩，眼淚不時從他的臉頰緩緩流下；他也是普通人，就像孩子一樣，高聲向觀眾唱著最後一首歌：「讓我進來吧！」

在機場久候時，我記下：最大問題是如何抱著希望與抱著什麼希望。我們是腐敗國家的人民，有著墮落的觀點，我們對於死亡與存在的感覺都被技術官僚重重壓抑了。如何保持冷靜，掌握本質……最重要的是如何看出這種本質？觀賞《無人知曉的我》時，感受到這種本質的強烈存在，回溯「童年」——豐富有趣的童年、被殘酷剝奪的童年清楚說明了一切，這就是根源。

經歷了沒完沒了的噪音、夜裡讓人不安的尖叫、讓人緊張的垃圾車嘎嘎聲、挖路機持續的重擊聲、刺耳的煞車聲、警笛聲、沿著第二大道呼嘯的卡車，納爾森的寂靜與今日美妙燦爛的十一月陽光，終於又猶如天啟的回到我身邊。

11月18日

車子一輛接著一輛經過，駛向村裡的草坪，因為今天在那間磚砌的老校舍，將舉行「婦女援助義賣活動」。天氣棒極了……天空散開的白雲讓陽光變得十分柔和，陽光照在白色的門楣上，又映入那間舒適的房間，隨後形成一道燦爛的光束照在藍綠色的沙發上。

醒來時心情愉快，急切地坐到書桌前思考，或許就動手修改一首詩吧，因為很想開始修改去年寫的那些詩（為了那本新書而寫），當時每個漫長的上午寫小說寫到一個段落後，就接著寫那些詩，寫得太匆忙了。然而，一如往常，幾乎立刻又被責任困住了：要回覆一位孩子關於《毛人》（*The Fur Person*）的信，要答覆……然而就在此時，農場主人交易所送來了兩袋鳥食。現在每兩星期就會用完兩袋鳥食，鳥食重達五十磅，但不久後，一星期就會用完兩袋了，隨著貪心的松鴉、松鼠、黃昏雀、山雀、五十雀的來臨，鳥食將消耗得更兇。隨後，我為昨晚讀完的朋友著作寫了推薦語，回覆卡蘿琳・海布倫（Carolyn Heilbrum）教授寄來的長信，她可能會為我的著作寫一篇文章；她寄來幾本再版的書，我立刻埋頭讀起那本探討布魯姆斯伯里派[16]的著作。

看到一篇文章沒嘲笑也沒貶低維吉妮亞・吳爾芙，感覺鬆了一口氣。想到吳爾芙夫婦每天做那麼多事，那樣旺盛的精力總是讓我驚嘆不已。吳爾芙瀕臨精神失常，或許看起來很虛弱，但是請想一想她仍設法做到的事：她不只寫小說（每部小說的體裁都有突破），還寫了那些散文與評論，加上霍加斯出版社（Hogarth Press）的所有工作，那不只是閱讀手稿與編輯而已，還要打包書本寄出（至少剛剛創業時得親自動手）！除此之外，他們還有極頻繁的社交生活（每次到那裡喝茶，總是看到他們準備出門赴晚餐，晚餐後還經常參加宴會），這其中的熱鬧和

16 布魯姆斯伯里派（Bloomsbury Group）是文人與藝術家等組成的團體，英國知名小說家維吉妮亞・吳爾芙（Virginia Woolf）是這個團體的重要成員。

樂趣正是他們對**生活**的諸多感受！愛爾蘭小說家伊莉莎白・鮑文（Elizabeth Bowen）告訴我，吳爾芙夫婦經常在倫敦街上散步久久，另外還要照顧兩間屋子！我們之中，誰能達到像她一樣的成就？

《作家日記》（*A Writer's Journal*）許多內容或許只著重於她自身，但是絕非自艾自憐（別忘記雷納德[17]當時出版的僅僅是她全部日記的一小部分，這個部分涉及她的作品，所以**必須**只專注於她自身）。如今，她的才華竟然引起如此刻薄的回應，實在讓人難過，就爲這樣的文采很普遍，所以我們可以加以漠視嗎？無論她是不是重要作家、是否模仿詹姆斯・喬伊斯（我相信她沒有）、她的才華是否囿於個人階級，這一切又有什麼關係呢？讀者拿起她的任何一本書，閱讀任何一頁，只會感到更有活力，這一點千眞萬確，不會改變。如果藝術的目的不是讓生活更多采多姿，那是爲了什麼？世上半數人口是女性，爲什麼人們卻怨恨一部女

17 雷納德・吳爾芙（Leonard Woolf）是維吉妮亞・吳爾芙的丈夫。

性爲主的文學作品？沒人質疑《源氏物語》是以男性爲主！女人確實從許多側重男性世界的書本裡學到許多事情，爲什麼反過來就不適合呢？還是男人眞的很害怕女人的創造力（因爲他們本身不是創造的中心，他們無法生孩子），因此一位天才女作家激起他們的怒氣，恨不得除之而後快，他們必須嗤之以鼻，以「無關緊要」爲由加以否定？

我年輕時（當時與維吉妮亞・吳爾芙還不熟），領悟了一件讓我震驚的事：一個人可以極爲敏感，同時又不熱情。她有強烈的好奇心，一個勁兒地提出問題，那些問題戲謔又迷人，年輕人甚至因爲能引起她的片刻注意而高興不已。不過，有時我確實覺得自己彷彿成了「美國青年詩人的標本」，被理解並歸檔到這位小說家有著豐富間接經驗的資料庫。此外，她一向作風大膽，想說什麼就說什麼，這種自由意識正是布魯姆斯伯里派理念的一個重點，也就是私下一起爲人的愚笨及做作發笑。她非常友善，至少邀我見面喝了一次茶，不過，正如往後幾年每次到英國時，她都邀請我喝茶一樣，那段歲月裡，我從未感受到她對我的熱情，這讓我驚訝不已。

12月1日

再度感到憂鬱，星期天的《紐約時報》刊登了一篇具強大毀滅力的評論。我一定早有預感了，因爲整個週末心情一直很低沉。往日的痛苦掙扎又出現了，我創造了二十四個「孩子」，每個孩子因少了外界認眞的評論和關注而遭到扼殺。這篇評論其實很愚蠢，而眞正讓人難過的是法蘭西斯・布朗（Francis Brown）並未展現尊重，他不是找瞭解我的作品、對作品有共鳴的評論家撰寫評論。奇怪的是，最近非小說似乎比小說有更好的機會。我內心深處開始相信（或許這也是一種求生的本能），這些一再發生的打擊事出有因，就是我根本不可能成功，逆境就是我的處境，逆境讓我的內在成長，而挑戰就在於深入逆境。

這一行眞是寂寞……創作一部長篇作品時，持續的不確定感、焦慮不安、費盡腦力、荒唐的期盼（因爲它看起來可能會暢銷，也被選入《讀者文摘》摘錄），最後卻落得這種無法避免的失敗下場。不過，這部重要作品已經獲得許多出色的評論，其實不能抱怨了，它只是沒得到應有的尊重而已。我處在人跡罕至的荒原，而且已經待了很久，要是不相信自己値得更好的對待，不相信一切終將變好，那麼我會發瘋，不然就是自殺，現在還不到沉溺在那種報復念頭的地步。

不知爲何，大大的雲朵讓這一天顯得還不錯，當它們從頭上飄過，眞是上天給予的美麗禮物。

12月2日

今天早晨，我打開了德日進的《神境》（*Divine Milieu*），讀到這一段：

精神生活之主不停重複地說，上帝要的只有靈魂。爲了賦予這句話眞正的價值，我們絕對不能忘記，不論我們的哲學如何呈現靈魂的獨立創造性，人的靈魂從誕生到成長都與它生存的宇宙不可分割。靈魂以無法交流的獨特形式集合而成，每個靈魂都有著上帝的愛，某種程度上，上帝拯救了全世界。靈魂的集合並非從我們有意識開始就完整無缺，一切都在於我們，透過努力，我們必須辛勤收集四處散布的各個部分，就像海藻在廣闊的海洋裡，將四處漂散的物質集中在自己的組織與微量元素裡，或者像蜜蜂一樣從群花裡勤奮採蜜，再釀造蜂蜜；爲了達到一種精神境界，宇宙在我們內在發揮所有力量，相較上述那些勤勞不懈的形象有過之而無不及。

因此，每個人在各自的生命旅途中，絕不能只是百依百順地任由命運擺布。一個人必須誠實地從天賦開始，**打造**作品、一部藝術作品，作品的內容來自塵世的各種要素；在世俗的生活中**塑造個人靈魂**，同時在另一部極其超然的藝術作品與人合作，共同完成「圓滿這個世界」的成就。

只有當我們能打從心底相信自己在創造靈魂時，生活才有意義；不過，當我們相信這件事（我確實相信，而且始終相信），我們做的一切就沒有什麼不具有意義了，我們承受的痛苦都有了創造的種子。自從看了那篇糟糕的書評後（內容不重要），我開始相信那其實是一種訊息（無論它的表達方式多麼狡猾），讓我知道自己過度在乎那本小說出版後帶來的物質面，危險的希望它成爲暢銷書，或者至少一次得到評論家與權威人士的鼓勵，不要再見到它孤單地擺在架上，期待著心靈相通的人發現它，興奮不已，宛如獨自在森林發現一朵野花。總是有人在某處發現我的作品，我的孤獨與這些讀者的孤獨之間存在著交流，最近幾年我有不少這樣的知音，實爲幸事。這會讓我擺脫「野心」，並且就像那首流行歌曲的歌詞一樣，它能「讓世界遠離」。這是我可以期盼的事、唯一期盼的事。

想到自己珍愛的作家，包括湯瑪斯・特拉赫恩（Thomas Traherne）、喬治・

賀伯特（George Herbert）、西蒙・薇依[18]，以及小說家屠格涅夫（Turgenev）、安東尼・特洛勒普、亨利・詹姆斯（Henry James）、維吉妮亞・吳爾芙、福斯特（E. M. Forster），這些作家都很謙虛、內斂，都是自我實現者；他們都不符合**當前**期待的主流，這些溫和穩重的人類聲音（或許可稱爲「人類境界」）顯然跟不上時下的流行，甚至格格不入。然而，從以前到以後，總是有人唯有閱讀他們的作品方能喘口氣，他們渴望這種精神糧食。我就是這樣的讀者之一，偶爾也是這種精神糧食提供者之一。這就是今天早上我認爲眞正重要的事。

18 西蒙・薇依（Simone Weil），猶太人，神祕主義者、宗教思想家和社會活動家，深刻地影響著戰後的歐洲思潮。

1月2日

又繼續一個月前因聖誕節與出書而中斷的日記。

可以理解人們想逃避聖誕節沉重負擔的心理，連我這樣沒有孩子的人都覺得聖誕節太勞心勞力。一進入十二月中旬左右，人們一定都像我一樣開始覺得反感，因爲這時你得忙著找禮物，費力包裝投寄，還得爲沒寄出的聖誕卡與未寫的信感到無比內疚。不過，總還是有些好處能彌補這些麻煩與苦惱。

從都柏林鎮拐進哈里斯維爾鎮的時候，乍見某個像原始動物的東西走向我，後來才發現那是一名男子肩上扛著聖誕樹。他穿過樹木林立、白雪皚皚的寂靜世界，將聖誕樹帶回家。十二月十六日，我們這裡下了一場大雪，積雪達十五英寸。幸運的是，先前就發布了大雪通知，我設法早一天把茱蒂與兩隻貓接了過來。我們寧靜地欣賞雪景，壁爐裡有熊熊爐火，外頭月光灑落，雪花飛舞，我們彷彿身在「飄著雪花」的玻璃紙鎮中。

由於下雪，原定的午餐聚會取消了，我忽然多出意料之外的數個小時，於是利用這段時間，寫下這幾天一直浮現心中的一首詩。

在一堆雜亂的事情裡，還有什麼可取之處？那就是朋友為我製作的珍貴禮物，他們通常住得很遠，有些我甚至從沒見過，他們只是透過我的作品認識我。禮物包括了一件針織背心、一件柔軟美麗的白色羊毛衫、一條草莓色高領毛衣，這些禮物讓我覺得自己深受珍愛！伊娃・列・嘉麗安為我織了一條長而厚重的羊毛圍巾，讓我出門餵鳥時披在身上；安妮・伍德森親自設計並縫製有著小花邊的小枕頭，上面引用我的詩作〈向迦梨女神祈禱〉（*The Invocation to Kail*）最後幾行，採用大膽的明暗對比，還繡了兩朵雪莉罌粟。打開它時，我為這件禮物帶來的喜悅與傳達的愛，流出眼淚。

協助我們成為永懷希望的
精神園丁

我們知曉若沒有黑暗
生命就不會降臨
就像沒有陽光
鮮花就不會綻放。[19]

剛剛結束的十二月，我比以往更瞭解節日點燈的意義，因爲白天變得很短，下午的大多數時間，我們都生活在黑暗裡。從下午四點開始，燭光與聖誕樹上的燈光（我們的小聖誕樹）映在所有的窗戶上。

接著，我又收到以前的學生與朋友一年一次寄來的長信，那些長信是美妙的禮物，他們讓我看見各種豐富精彩的生活，雖然讓人有點不知所措，但同時發生又顯得十分有趣。我在衛斯理學院最要好的兩位詩人朋友是很有天分的女子，她

19　這首詩取自作者的詩集《一粒芥菜種子》（*A Grain of Mustard Seed*）。

們在同一時期結婚，也同時停止寫作，今年又再度拾筆寫詩。這個消息讓我很開心，也讓我再次意識到女人結婚生子後，繼續創作有多麼難能可貴。

無論大專院校行事多麼不濟事，但它確實創造了一種致力學習的氛圍，在這種氛圍下，學生得有作品，而幾乎每個學生都會發現自己擁有原本不知道的能力，可以滿足那種要求。但年輕女子萬一忽然結了婚，就不得不徹底改變原本的生活方式，在此同時，她的丈夫卻繼續朝著大學立下的目標前進；社會期望這位女子料理三餐，洗碗濯衣，而不是期望她有想法，如果她堅持出外工作，那麼她不僅要有充足的精力，還要能妥善安排時間；如果她還要照顧一個嬰兒，那麼從動腦生活進入育兒生活的轉變尤其劇烈。她渴望的「創作」被各種體力活取代了。如果她一直希望有孩子，很愛孩子，她得到自己以爲想得到的東西，這時內心的迷惘更讓她深陷內疚沮喪之苦。近來，年輕的丈夫會協助做家事，也的確做了，更重要的是他們意識到這個問題，也會焦慮地討論這個問題，他們焦慮是因爲妻子的內心衝突影響了他們內心的平靜，然而，事實依舊沒改變，婚姻讓妻子承受極大的變動，丈夫卻沒有，他的目標沒有劇烈的改變，他的生活方式也沒有。

K的來信讓我深思許多事情，我抄寫一些內容如下，無疑的也會在接下來幾星期裡一再提到它。K說道：

這一年不同尋常，我另闢天地，感覺自己很年輕。或許你會覺得好笑，但我的許多朋友現在已爲年華老去傷感擔憂了，他們對年輕人充滿羨慕之情，後悔虛擲了青春，而他們竟然是孩子還小、不滿三十歲的年輕父母！我認爲我們美國人太崇尚年輕，這種價值觀深具破壞力，它讓年輕人缺乏對成熟的想法，對未來無所期待（青春期通常極爲痛苦，一個人要有動力才能度過這個階段）。

嗯，我最好別繼續說了，以免變成喋喋不休的說教了。我實在跟不上時代，總忍不住想要長篇大論……

說到寫詩，我終於瞭解我的障礙是因爲我是女人，這是我從不接受的事實，或者說從來不知道如何接受，但願能和妳討論這一點。妳知道我才剛開始對「存在」有所認識（這就是我對希薇亞・普拉絲〔Sylvia Plath〕感興趣的原因，詩人羅伯特・洛威爾〔Robert Lowell〕對她的形容是「陰性」，而不是「女人」，姑且不管「陰性」的含義，但普拉絲讓我覺得她突破了「陰性」，到達「自然」的境界，甚至不能稱之爲「陰性」，儘管我認爲它還是包含性別的意義），至少我可以看出佛洛伊德派的男性精神分析家的不足，他們想讓我接受婚姻導致的女性包袱，或是讓我做些什麼。我很感激那些投入婦女解放運動的狂熱分子，我們需要這些驚世駭俗的神奇人物把我們的敵意與困境讓大眾看見。我與婦女解放活動有了淺薄的接觸以來，這一年我眞的在自己身上發現新東西，以往陷入僵持的內心衝突得到了緩解，同時意外地察覺到自己對男人充滿了強烈的敵意。我一直排斥語言，因爲它是男性的發明，儘管我的詩表達的聲音出自我本人，到了紙上卻變成陽性的聲音，讓我覺得必須摧毀那種在我生命裡爲D留出空間的語調與角色。不只我面臨這樣的情況，這也是整個家族的傳統，這個傳統註定了婦女深深的痛苦和膽怯。這永遠讓我無法容忍，因爲我的本性與「順服」完全背道而馳！幸運的是，除了妳以外，在我所有的朋友裡，D是唯一似乎懂我的人，或者說他至少能理解一個有違精神醫學原則的事實：如果我發生女性危機，他會是受到最大威脅的人。他是敵視男人的我距離最近的目標；我試著恢復內心的平靜時，會出現情緒波動，他會被打擾得不得安寧。

這封信道出了關鍵，讓我深感不安。眼前眞正的問題在於大眾不信任女性藝術家與女性創作者。K認爲她的才能不再有意義或者令人信服了，語言本身就是男性的發明，這無疑是「砰」的一聲關上了門！然而，我相信這扇門將再開啓，因爲她擁有眞正的才華，那種才華最終必定會衝破理智的約束，維護她現在否定的東西，她寫出的內容終將是她自己的聲音。我不時遇到這樣的人：他說話的聲音似乎很不自然，彷彿那並非發自他的身體，而是不自然的音域。我尤其想到女人尖細的嗓音，我不懂實際的音域分布，但一直想說：「看在上帝的分上，腳踏實地，用妳自己的聲音說話吧！」或許這與誠實沒有太大關聯（K誠實得讓人心疼），而是一種自信：我就是我。

1月5日

是時候把湧入的喧囂世界丟在一邊了，至少每天抽出幾個小時，在這間只有一個女人獨自沉思的女修道院裡，重新開始自己的生活。但我無法「丟開」前來叩門的敲門聲。昨天下午，我用了幾個小時安靜地拚命回了幾封信後，決定刷洗浴室的地板。剛剛做完，渾身髒兮兮，心裡正得意，這時聽到叮鈴噹啷的門鈴聲，一位來自俄亥俄州的女人站在雨雪之中，她要去康科德，途經納爾森鎮，就決定直接前來敲門。大約一個星期前，她寄給我一封很棒的長信，內容是關於《愛的種種》。我還沒回那封信，但幸好還記著那封信。人們永遠也不會明白我不可能記得寄來的每一封信，因爲許多信都是陌生人寄來的，我不得不讀信，然後爲了喘口氣，我得把它們暫放在一邊。她在這裡待了半小時。她的來訪打亂我在傍晚的緩慢步調，我通常會在這段時間四處走來走去，做些零碎的事，回覆幾張卡片，總之都是一些輕鬆自在的事，不讓自己多費力氣或是認眞應對。

那位女子回去後，暖氣爐突然停了，因此我在這間舒適的房間裡燒旺壁爐的火，讓鸚鵡潘奇保暖。接著，我打電話求助；一小時內，檢修工人就到了。生活在這個國家裡，這一點讓我非常高興：不論何時需要協助，隨叫隨到。

晚上九點時，我強迫自己收看尼克森與四位電視評論員聊著稱不上談話的談話。他說一個人做噩夢時不可能展現鮮明的夢境，這個回答說明了一切，那就是他完全缺乏人文意識的想像力，因爲鮮明的夢境無疑產生於噩夢，而且能有效地交流……像是一九四〇年的邱吉爾、經濟大蕭條時期的羅斯福，尼克森眞是心靈狹隘！經過這死氣沉沉的一小時後，緊接著播放布林克利採訪七位中學校刊編輯，包括兩位黑人、一位中國人、四位中產階級白人，這個節目很迷人，這些孩子口齒伶俐，深思熟慮，體貼務實。但是尼克森說的話能給他們什麼希望？儘管如此，他們的談話讓寒冷的空氣變得溫暖，我懷著對未來感到愉快的心情上床睡覺，並且想著如果十八歲的人可以投票，那能做些什麼來改變愚蠢麻木的失敗主義氣氛。

現在……現在……回到內心世界。昨天收到D的便條，現在他的負擔重得可怕，因爲他在攻讀教育學碩士，又在公立中學擔任全職教師。他的便條上寫著：「我只寫幾句話，梅，祝福妳每一天絕對都有平靜與無盡的力量以面對艱難的一年。雖然我們很少見面，但我們一起奮戰，我們將勝利。」我最美好的一九七〇年回憶裡，包括了與D的兩次長談，我們聊著私生活與愛情，我們瞭解彼此屬於同一種人，這種人必須在「赤裸裸」（用葉慈〔W. B. Yeats〕的詩句來說，就是「赤裸行走的人有更高的膽識」）與「保持強硬與坦率」之間尋求平衡，在「極想分享經驗」與「需要時間去體驗」之間尋求平衡，那意味著隱居是「做自己」與「付出自己」的需求之間的平衡……當然這些都密切相關。D很清楚女人的問題，他對戀愛中的女人保持獨立與個人成長的種種需求極爲敏感，他飽受痛苦是因爲爲人寬厚，但是他也有勇氣斬斷不曾也不可能有好結果的戀情。在這個例子中，當我從另一個角度深思女性的問題，對我來說，這尤其具有啓發作用。D的情人一直期望他毫無異議地接受不忠行爲（「我得擁有獨立自主」），一種不容以任何方式壓制的絕對要求；就我看來，這種要求看起來非常殘酷。他比他的情人小七歲左右，但是有智慧多了；我非常尊敬這個男人，如果他在十三、四歲時，沒有經歷自我毀滅的憂鬱症及後來多年的精神治療，他會成爲現在這個二十歲出頭的他嗎？現在他很有力量，也有勇氣扛起沉重的工作負擔。想到他，又想到昨晚電視上那些年輕許多的孩子，忽然感到充滿希望，深具信心，也覺得謙卑。我在D那個年紀，只能算是浪漫的情人，甚至還沒開始像他那樣思考「其他」的事，當時我的野心非常粗鄙。

想到年輕人，就覺得有了希望，想到唯一不變的是成長，同樣覺得充滿希望。我已經五十八歲了，在過去的一年裡，才剛剛開始懂得「愛」……強迫自己像園丁種植或除草一樣，一遍遍地跪下，這樣一來，才能讓愛情再度綻放，讓它眞正活著。

讀著書中卡靈頓（Dora Carrington）的信，女畫家卡靈頓熱烈忘我地愛上作家利頓・史特拉奇（Lytton Strachey），他死後不久，她就自殺身亡了。這本書擾亂我的心，我討厭滔滔不絕地談論感情，厭惡太多的私人交流；然而，布魯姆斯伯里派的長處或許正是如此，他們對私人生活十分誠實，他們相信每個人的一生會有許多滋潤人心的複雜感情與各種愛情，他們認爲幾乎每個與藝術沾上邊的人，都得安於性別的曖昧模糊，面對自己是雙性戀，包括性愛在內的熱切友誼（經過米勒〔Henry Miller〕、梅勒〔Norman Mailer〕、海明威這些討人厭的男性暴露狂與角色扮演後，那顯得多麼明智）。他們的藝術創作產量豐富得讓人驚嘆（繪畫、詩、小說），而且有著重大影響，經濟著作同樣影響深遠，他們都過著非凡的生活，但並非那種一塌糊塗與自我放縱的生活。如果他們神經質（或許眞的是），那也會是有教養並讓別人變得文雅的神經質。美國人格外痛恨他們，因爲依照我們清教徒式的道德觀，這種神經質似乎不「恰當」，而我們卻可以接受那些承認神經不正常的人、吸毒者，或其他類似的人用自身可怕的例子啓迪大眾！布魯姆斯伯里派簡直有點好得讓人難以置信，他們勤奮工作，過得快活！或許他們的閒聊、喋喋不休、機智風趣，有時不懷好意，偶爾有悖於我們對端莊得體的觀念，這很合理。然而，對他們來說，「端莊得體」無疑只是做事的**方式**，而不是對一件事的說法或者做了**什麼**。

據說女作家薇拉・凱瑟[20]的私生活很熱情，但她極爲小心地避開大眾目光，甚至禁止在她死後公開她的信件。這與維吉妮亞・吳爾芙的態度截然不同，吳爾芙公開承認《歐蘭朵》（*Orlando*）是以她與薇塔・塞克維爾－韋斯特（Vita Sackville-West）的友誼爲基礎。這在美國，父母親是不是要居中阻擋？人們是否會

20 薇拉・凱瑟（Willa Cather）是美國十九世紀的著名女作家，擅長描寫女性及美國早期移民的拓荒開墾生活，曾獲得普立茲獎。

害怕如果吐實將傷害父母？

我的信念是如果你是認眞的作家，就應該將自己視爲體驗的儀器。生活的一切流經這個儀器，經過提煉，注入於文學創作裡。一個人的私生活與作品有密切關聯，在某種程度上，我認爲一個人不應該再爲害怕疏遠想像的讀者，或是眞正的親友而退縮，應該勇於說出實情。如果我們要瞭解人類的處境，要承認自己複雜難懂、自我懷疑、過度敏感、內疚與喜悅，以及身爲人類與藝術家緩慢的自我解放，直到發揮所有能力採取行動與創作，那麼我們就得盡量瞭解彼此，必須心甘情願地赤裸。

1月7日

整個上午都埋頭寫作，想利用藝術與技巧，完成那首完整閃現於腦海的抒情詩第一節。現在已是下午了。我不該感到時間緊迫，但確實有這種感覺，我想我永遠都會這樣。葉慈說過他花一星期寫一個詩節。當一個人發現自己在操縱**字詞**，而不是形象與概念，那麼危險的當然是過度操控文字。我碰到的問題是，讓詩裡暴風雪中的情人與我望著的一大束白色孤挺花之間，有個行得通的轉換。那一大束白色孤挺花放在走廊對面的舒適房間裡，共有七大朵，對坐在這裡的我，一直發出安靜的歡呼聲。

在這樣富有效率的愉快獨處時間裡，任何干擾、任何社交的打攪、任何義務都會扯斷宛如織布機織線的思緒，破壞了圖案。兩天前的晚上，忽然在緊要關頭接到電話，要我參加市民大會……眞讓人爲難，但是這樣的友誼至少讓我有所領悟。一位鄰居告訴我，她出了一場小車禍，設法說服當地報紙忽略她的眞實年齡（年齡寫在駕照上），還讓報導寫著她是三十九歲！這個祕密讓我驚訝不已，我爲自己已經五十八歲感到自豪，我在這個年齡仍然活蹦亂跳，陷入情網，更有創造力，心情平靜，比以往更有能力。我在意的是生理機能的退化，不過並未**真正**放在心上；看著比爾寄來的那張伊莎・丹尼森[21]臨終前照片，我就完全不在意了，畢竟隨著年紀增長，我們的臉龐由自己負責塑造，但任何人年輕時又哪能看起來像她一樣呢？從她臉上，人們看到難以形容的甜美笑容，充滿喜悅，完全接納一切——生命、死亡，接納並品味的一切，最後放手。

比起我過去一年的心理狀態，臉上的皺紋顯得不重要。《詩人與蠢驢》（*The Poet and the Donkey*）的主角安迪說：「不要剝奪我的年齡，它是我掙來的。」他其實是代我發言。

我的鄰居希望永遠被認爲是三十九歲，這讓我再度想起K信中提到的，三十多歲的人哀悼逝去的青春，這是因爲我們並未帶給他們「成熟是財富」的理念。然而，我們的許多前輩是榜樣，詩人艾略特似乎到了七十歲才有了圓滿幸福的婚

21 伊莎・丹尼森（Isak Dinesen）是丹麥著名作家，本名是凱倫・白烈森（Karen Blixen），知名作品包括《遠離非洲》（*Out of Africa*）與《芭比的盛宴》（*Babette's Feast*）等。

姻，葉慈在五十歲或五十多歲的時候才結婚，我到現在才開始體會到一生中最充實滿足的愛情。然而，不知何故，美國人很害怕「過了中年仍熱烈相愛」的想法，他們會害怕活著嗎？他們想要死亡，因爲那等於**安全**？當然，一個人陷入情網時，永遠不安全；成長費時費力，或許看起來很危險，因爲其中有得有失，但是如果一個人不再成長，爲何還要繼續活著？比起任何形式的愛、比起大聲要求我們吐露內心最深處的祕密的感情關係，還有什麼更強大的氛圍利於成長？

鄰居希望自己永遠是三十九歲，這樣做是出於擔憂，害怕萬一人們知道她的年齡後，她將不再「迷人」。但是，一個人想要有成熟的感情關係，他會在同儕之間尋找；我無法想像自己與一個年紀比我小得多的人相愛，因爲我視愛情爲情感教育，從年輕人身上，我學不到關於「愛」的道理。

1月8日

昨日是古怪、倉促、精神渙散的一天。但我不必出門，而且陽光燦爛。今天覺得精神集中，時間不再是宿敵，而是成了朋友。早晨的氣溫降到攝氏零下十七度左右，我在書房裡燒旺壁爐的爐火，書桌上的花瓶插著黃玫瑰與含羞草，屋子裡有種歡樂放鬆的氣氛。我與房子是一體的，我很高興能獨處，有時間思考，有時間做自己。這種不設限的時間是唯一眞正值得的奢侈，我能擁有這種奢侈，實在非常富有。此刻，我很滿意於自己的生活與工作，直到今年、或者說過去幾個星期才有這種感覺，而在以往很少體會到。朝左邊望去，清澈藍天的襯托下，一株顏色似火的仙客來綻放三十朵左右的花，輕盈地迎著陽光，給人一種彩色玻璃的印象。把一大堆未回覆的信件放進腳邊的紙箱，這樣就看不到它們了；現在我要再次試著寫好那首詩。最後一行仍然膠著。

1月12日

今天下著雪。一個人絕不該聲稱自己感覺很棒，那一定會發生可怕的事。兩天前的晚上，狂怒的復仇女神再度找上了我，我對X大發嚇人的脾氣，大發神經，怨恨不已，接著又像以往一樣自作自受，極度焦慮。再度回到先前的狀態，著實可怕，因爲我已有**好幾個月**沒有這樣大發雷霆。我以爲自己已永遠趕走復仇女神，甚至沉浸在那種驕傲裡，最後卻是如此，復仇女神比我更清楚事實。

毋庸置疑，任何親密關係都不時會承受這樣的壓力。內心爆炸經常是爲了一件瑣事引起，憤恨（總是多多少少存在）隨即爆發。事情過後，兩人都覺得感情受傷，羞愧不已，認爲自己是這場你死我活的意外戰爭的倖存者，差點就陣亡了。但或許最大的危機是誇大事情的重要性，任憑自己昨晚陷入驚慌；我極度焦慮不安，頭髮都汗濕了，唯一一次類似經驗是得了憩室炎，身體極度疼痛，在醫院住了一星期。

這種時候，整個人的生理與心理都不穩定，騷動不安，得等騷動平息，才能知道發生了什麼事情。今天早晨，感覺好一些了，因爲昨晚 X 打了電話給我，我們的感情會慢慢回到這場爭執之前的狀態。我付出了嚴重代價，但是就像酒鬼每次宿醉時都會發誓：「再也不這麼做了！」我與不知悔改的自我之間依舊持續戰爭，換來精神的耗損，能做的就是起床，整理床鋪，清洗早餐的餐具。一時之間，任何事情都沒了意義，唯一感到安慰的是至少沒有再度開始抽菸。戒菸第五天了，仍覺得自己被剝奪了「小樂趣」，感到枯燥沮喪，但已下定決心，爲了 X，也爲了自己，一起戒菸。

J 發來的電報打斷了思緒，她說同居多年的姐姐昨晚突然去世了。如果這件事發生在 X 身上，而我們又正在鬧脾氣，事情會變得怎麼樣？一個人只有認知到自己所愛的人時時面臨生命無常的風險，才會有所醒悟。面對生命的無常，比起眞實的愛與短暫美好的愛，還有什麼更重要的嗎？

原本打算整天專心寫日記，記下此地的「平常」日子……但是復仇女神找上了我。日常看似空虛，但嚴謹的規劃下，會是最有創造力也最珍貴的日子；每當想念納爾森鎮，例如在日本時，這些平常日子幾乎變成天堂。然而就像囚犯一樣（冬天，我大部分時間都受到限制），按表操課對我很重要：我必須整理床鋪（這是最討厭的事），必須洗碗，必須整理家務，方能以自在的心工作；辛苦勞動後總得有回報，過去把垃圾拿到屋外或清理潘奇籠子的回報往往是抽根菸。冬天時，不能蒔花弄草，就努力整理各個房間裡的一團混亂。這個星期，一直在整理樓上雜亂的房間，一堆亂七八糟的東西，包括舊雪靴、聖誕樹的裝飾、破損的床單、盆栽棚的器材。溫・弗蘭奇將爲我在屋簷下做個工作台，工作台有四個櫃子，可分別儲藏冬靴、毛毯、冬裝、聖誕樹的裝飾。住在這裡十二年了，讓人驚訝的是到現在才開始解決這個問題，實在是因爲搬進來就立刻開始寫作與蒔花弄草，這是我追求的事：一種生活的節奏、一種詩的賦格曲，蒔花弄草、在這間房子裡入睡與醒來，再沒別的事情重要到值得這樣花時間。我可以花一整天做家務，但是並不會這麼做，只要擋住亂七八糟的東西，讓我看見美麗整齊的景象就好了。只有櫃櫥裡亂得太誇張，不時擾亂心緒，我才覺得應該收拾整理，而我必須說，整理完畢的心情非常滿足。按照一整年的常例，一月是整頓清理、翻閱種子目錄的月份，訂購種子是算完所得稅後的獎賞。

一直思考著一個事實：不管生活中出現多可怕的風暴，如果生活非常穩定，獲益良多，你就會受益於它，抵擋可怕風暴帶來的毀滅後果。對大多數的人來說，感到壓力沉重時，他們的工作有可以提供拯救效果的例行公事，而我得自己創造以求生存。此刻是時候該去拿信了，我得發動車子才行。

1月13日

昨晚是狼月[22]，這個名字取得很好。明晃晃的月光映照在四周閃閃發亮的白

22 亦即滿月。

雪上，我因此失眠了。三、四次起身查看溫度計，凌晨三點的溫度是攝氏零下二十三度。回到床上，想像水管可能凍結就惶恐不安，因此又起身打開所有的水龍頭。就在剛剛睡著的時候，約莫凌晨四點，外面傳來「砰」的一聲巨響，一隻叫不出名字的生物劃破夜裡的寧靜，並在地下室的樓梯附近開始翻找。我試著讓自己相信那是一隻花栗鼠或小老鼠，而不是一隻大老鼠！我在這裡鮮少能整晚安眠，但有時睡了幾小時後醒來，不必做任何事、甚至不必起身的這段時間，思考特別有效。昨晚並不好受，外頭灑落的冰冷月光，讓我嚴肅地想著自己大發脾氣的事；當然，暴怒最可怕之處是傷害了我們所愛的人，事情過後的好幾天，我不得不設法與自己達成協議，面對內心的毀滅者與破壞者，羞愧大於後悔。

我仍覺得《紐約時報》的那篇書評讓我受創，讓我亂了方寸，就像一個人在比賽起跑時就被絆倒在地。

這些日子 X 對工作滿腹牢騷，相較之下，我的「工作」則顯得一派輕鬆，整體生活方式似乎都在自我放縱，從某種方面來說確實如此。我們陪伴彼此一星期，接著又被迫分開，各自回到自己的生活，懷著不智的難解情緒怨恨著這樣的差異。

1月16日

這星期很糟糕，幾乎一事無成，浪費時間……一直很憂鬱。星期三的午餐聚會也沒什麼幫助。午餐聚會實在無益，不僅佔據一天最好的時光，也浪費了早上的工作時間。此外，極度冰冷的天氣也消耗人的精力，即使走到門外幾分鐘，塡滿餵鳥器或發動車子，都可以感覺到精力像沙子一樣流失。

1月17日

早晨七點起來時，氣溫是攝氏零下二十九度，就連這個舒適房間裡也低於攝氏二十一度(恆溫器設在攝氏二十六度),很擔心潘奇會凍死,所以起床後第一件事就是在房裡燒起壁爐的火。爲了保暖,我就在那裡吃早餐。另外,讓人開心的是,打開潘奇的籠蓋,聽到牠高興地尖叫著要「出來」,接著牠看著鏡中的自己,喃喃細語。牠是很棒的看家犬,或者說「看家鸚鵡」,因爲每當鄰居的狗一靠近、跑進花園,潘奇就會非常生氣地咒罵。

現在是早上九點。整理了床鋪,換上乾淨的床單,削了馬鈴薯皮,把它們煮成半熟,還剝了豌豆,準備好星期天晚餐該有的東西,K.馬丁要來了。昨天晚餐前,我正把上星期的悽慘不順寫下來時,一輛車駛了過來,交給我一個紙箱,裡面是黃水仙、藍鳶尾、銀柳,另外還有三朵黃玫瑰;這是親愛的安妮.伍德森請人送來的花,慶祝新詩集《一粒芥菜種子》的出版。昨天書寄到了,讓原本零散的時間變得更零散了,因爲我自然得將第一批書包好寄給朋友。現在只有我與這個新生兒單獨在一起,無法將這本書拿給別人看,不免感到失望。拿起它,這裡看看,那裡瞧瞧……一本奇特的書,記載那段奇特的歲月,那帶來毀滅的六〇年代，謀殺案層出不窮、希望破滅的戰爭、貧民區、失業問題，折磨著我們，纏著我們不放。

外面如此寒冷，屋裡有春天的鮮花，眞是美好。這一天陽光燦爛，天空像法國沙特爾大教堂彩色玻璃的藍色一樣打動人心，迤邐的陽光映照在地板上，但是寒氣鑽了進來。寒冷眞讓人筋疲力盡。

1月18日

今天早晨稍微暖和一點，氣溫是攝氏零下十七度，而不是攝氏零下二十九度。昨天在電熱毯上面加蓋了一條毯子後，睡得很暖和，不像前晚那樣靠近毯子邊緣就冷得發抖。醒來後，想到了這本日記，顯然有些話題必須重新提起，持續加以探究；多年來，針對這些話題，我累積了他人的智慧。我並不希望這本日記變成備忘的札記，然而如果事關衡量標準，不時引用收集的他人智慧或許比較適當。因此，剛才花了近一小時，試著找出芙蘭納莉・歐康納（Flannery O'Connor）《人造黑鬼》（*The Artificial Nigger*）裡很精彩的一段。過去這些年，它無數次協助我擺脫大發脾氣後的羞愧感，讓我瞭解一個人必須自我原諒，屆時他會跪著痛哭流涕，落下釋然的眼淚。我相信「靈魂得救」就像創作一樣是連續的過程，我們因爲恩典才得以進入天堂，儘管我們認爲自己根本沒資格獲救，或許這正是最重要的一點。這段文字如下：

赫德先生站著不動，感覺到慈悲的行爲再次感動了他，但是這一次他明白，世上沒有任何語言能說出這是哪一種慈悲。他瞭解它出自極度的痛苦，任何人都能獲得這種慈悲，並以奇特的方式讓孩子獲得。他明白那是一個人死後可以帶去上帝跟前的見面禮。他忽然感到極度羞愧，因爲自己能帶去的慈悲少得可憐。他驚恐不安地站著，讓全能的上帝審判自己，與此同時，慈悲像火焰一樣包住他驕傲的心，將它燒毀。他先前從未想過自己罪孽深重，但此刻他明白爲了不讓自己陷入絕望，他隱藏了眞正的墮落行爲。他瞭解從一開始，他就懷著亞當之罪，從那時起，他的罪孽皆受到寬恕，直到現在他拒絕可憐的尼爾森。他知道自己罪大惡極，但上帝慈愛爲懷，他覺得就在那一刻，自己已準備好進入天堂。

這一天怪異且空閒。我覺得不舒服，懶洋洋地躺著，無所事事，凝視靠著白牆的黃色水仙花；兩度覺得自己出現了幻覺，因爲水仙花的芬芳香氣飄散到各個房間。我總是忘記空閒的日子非常重要，有時不期待做出任何成果，甚至不寫日記也很重要。我對工作仍有焦慮感，這遺傳自父親。如果一個人沒督促自己工作到極限，這一天似乎就毀了，會帶來損害，是罪孽深重的一天。其實絕非如此！我們可以偶爾爲心靈做些最有益的事，包括讓心靈放鬆神遊，置身於光線變換的房間裡，不做任何事。今晚確實感到自在放鬆，不再那麼焦慮。晚餐前，開始整理過去兩年寫的詩……很厚一捆；我打算出版六十首新詩慶祝自己的六十歲生日。現在看來，它主要是一本愛情詩集。出於好玩，我稱它《六十歲的六十首詩》。

1月19日

今天的氣溫是攝氏零下二十三度，宛如彩色玻璃的燦爛藍天，此刻顯得殘酷無情。我期待轉變，渴望有一天忽然變得暖和，也期望老天能下場輕柔的雪。

清教徒式的社會風氣強迫人們接受不近人情的觀點，那就是熱烈的愛情只屬於年輕人，人到了四十歲，一隻腳踏進棺材了，從這個年紀開始，任何深沉熱烈的情感都荒唐可笑或是讓人反感！法國人一向明白，愛人的能力會隨著年紀逐漸成熟，如果愛情有任何好處，那就是它會讓人隨著年齡越來越好。或許散播這個錯誤看法的人並非我們內心的清教徒，正好相反，是對清教徒主義的反感產生新的社會風氣，在這種新的社會風氣裡，性是主宰，因此性能力強大的人是眞正的英雄，中年人或老年人處於不利的位置。然而，我們的長處就在於愛情本身，我們懂得更多，更能承受焦慮、挫折，甚至是自己的浪漫情感，內心深處滿懷柔情。這應該是莫札特的時代。

表面上，我的作品看起來不激進，然而，也許人們終將明白，我一直透過「友好、內斂、喧鬧」的方式，溫和表達激進的內容，因此能打動人心，而不讓人感到震驚。外界十分恐懼同性戀，因此我要有勇氣才能寫出《史蒂文斯夫人聽見美人魚歌唱》（*Mrs. Stevens Hears the Mermaids Singing*）一書，本書描寫的女同性戀不是性欲狂，也沒酗酒吸毒或在各方面讓人反感。這本書以不煽情的方式描繪一位既不可憐也不討厭的女同性戀。這本書正視事實：在現實生活，這樣的人生鮮少幸福，藝術必然成爲最大動力，因爲愛情永遠不會如一般概念一樣讓人滿足。

然而，我很清楚，如果當時我有家人（寫那本書時，我的父母已去世），如果當時我有正常的工作，我可能無法以如此坦率的文筆寫出這部小說，我感到責任重大，能承受「說實話」的代價。危險在於，如果我被放在性別脈絡下，人們會從扭曲的角度來閱讀，所以創作《史蒂文斯夫人聽見美人魚歌唱》之前，先寫了幾本關於婚姻與家庭生活的小說。

「妳怎麼如此瞭解婚姻的事？」最近許多人問我這個問題！我對家庭生活的懷念是其中一個解釋。對大多數人而言，家庭生活極爲「普通」，而對於獨生女的我來說，那極爲浪漫。童年時候，我總是「借用」別人的家，夏天受邀到別人家住一星期或一個月，包括位在基薩奇的布頓家、位在羅利的柯普利・葛利恩斯家、位在達克斯伯里的魯克利斯家，最重要的是，我與比利時布魯塞爾郊外的林鮑斯奇家一起住過。然而，我並非從這些家庭瞭解婚姻，或者有意識地觀察到父母在他們的關係裡是模糊的身影，當時於我們這些孩子，重要的是親子關係。不，我是從我的父母、從他們美好且獲益良多卻痛苦殘缺的婚姻、從我的私生活、從我愛的男男女女身上瞭解婚姻。

歸根究柢，基本上，美國的社會風氣仍是清教徒式的道德觀（無論我以上說了什麼），它的價値觀並非以豐富的生活爲基礎，而是以限制與紀律爲基礎，一個人想成爲完整的人，就必須質問這些事，目前正是這種質問以健康的方式衝擊這個社會，年輕人奮力衝撞，打造新的社會風氣，這個過程經常顯得混亂，甚至出現暴力，但我們終究得找出穩定和諧的社會風氣，因爲那是社會發展不可或缺的東西。我收到的信充滿渴望的呼喊，衷心地呼喊出她們需要有成就感的深刻經驗。如果一個女人的家裡擺著人造花，這些假花只需一年清掃兩次灰塵，但永遠不會枯死，那等於把自己關在瞭解死亡的大門外。如果一個女人得維持在三十九歲，無疑就像百年前的中國婦女纏腳一樣，抑制了自身的發展。

前幾天，收到一本仍在校對的小說，這本小說讓人不安。此書描寫四位五十多歲的女人住在紐約一棟老房子的四樓公寓，對她們來說，性生活是生活的重點，但性被描寫得很粗糙，女人被描繪得毫無「感情」。我不禁懷疑這是不是男人以筆名寫的書。這些女性角色只愛自己，著迷於粗俗的性行爲！作者描寫這樣的一位女人或許還說得過去，但四位女人都是這樣，表明了作者厭惡女人。如果作者不是男人，那麼這部可怕小說的作者一定很年輕，年輕到她認爲即將邁入老年的年紀**怪異恐怖**。我就此寫了一封毫不客氣的信給出版商。

生活與愛情隨著年紀增長而擴展，性似乎是最不重要的事。無論我們幾歲，透過開拓思想、學習一種新語言、一門新藝術或一項新手藝（園藝？），意味著透過新眼光看待世界，我們將藉此成長。愛情讓我們擴展，因爲愛情需要我們「接納」那個陌生的人並理解對方，需要我們練習自我克制、寬容、想像力，讓這段感情走下去。如果愛情很熱烈，它就更容易爆炸也更危險，逼我們更加深入。偉大的藝術作品也是如此……德國詩人里爾克（R. M. Rilke）的詩作〈古老的阿波羅軀幹雕像〉（Archaic Torso of Apollo）寫道：

那裡沒有一處不凝視著你。
你必須改變你的生命。

1月27日

一月中旬，雪開始融了，這個週末我去找X，從那裡回來了。但昨夜氣溫在幾個小時內降了近十九度，這個世界再度結冰。現在是下午四點半，氣溫低於攝氏零下十七度，冷風無情呼嘯，山雀看起來非常虛弱，輕軟的羽毛被風吹得翻起。書房的壁爐燒著火，書桌上有一盆金太陽水仙花，水仙花的芬芳夾雜著檸檬的香氣與某種熱帶的甜味瀰漫在空氣中。下午，我種了幾盆黃水仙花，還把兩盆孤挺花放在窗台上，但是又擔心天氣可能太冷，不利它們生長。

那隻野貓回來了，正喵喵叫。以往牠會用那雙綠色的眼睛凝視我，沉默等待。我把牛奶與肉端給牠，收碗進屋內時，發現牛奶結凍了，牠只喝了一半，但及時吃掉了肉。但願能說服牠進屋，但牠實在太野了，我一放下碗，牠就跑掉，等到我消失在牠的視線範圍，才開始進食。

孤獨跟隨著我。回到這間空蕩蕩的房子很可怕，許多事等著我去做。至少溫・弗蘭奇做好了我為儲藏室設計的工作台，看起來棒極了，四個儲藏箱可以安置零散的雜物。有一位會手作的鄰居眞是太好了！

只是周圍的空氣感覺死氣沉沉。這些日子，我無法讓生活變得有活力，覺得自己像被困住，孤立無援。整個上午，都在整理書桌，打長途電話詢問演講事宜，塡所得稅申報表（這件事通常讓我恐慌）。有一會兒，電話故障了。這一天，小事引起的焦躁不安吞噬了平靜，傍晚覺得自己很蠢，又感到憤怒。

想到無聊與驚慌是隱居生活必須對付的兩個魔鬼。下午，躺下後竟無法放鬆休息，最後只好起身，因為恐慌不安讓我出汗了。毫無來由的驚慌，我猜是隱居導致的情緒。

此時此刻，對這裡的生活感到厭倦，這裡的生活缺乏足夠的養分。這裡缺少良好的互動、劇院、音樂會、美術館，也就是缺少文化生活，有時就會引發一種枯燥乏味的空虛感。正如我多次告訴X的，眞正的問題在於獨自在納爾森鎭的探險已然結束，現在的我只不過是繼續著以前忙於寫作的生活而已。

感覺自己年老遲鈍，不中用了。

1月28日

寒冷的天氣讓人凍得發僵。今天早晨我嚇壞了，以爲潘奇快死了，因爲這些夜晚實在寒冷，屋裡的溫度一直沒超過攝氏十六度，但打開鳥籠的蓋子時，牠好像很高興。現在準備用電熱毯把牠圍起來，這樣牠就會像烤麵包一樣暖呼呼。

剛剛回覆了從俄勒岡州、加州、賓夕法尼亞州、印第安那州寄來關於《愛的種種》的信件。很想知道他們如何得到這本書，以及如何發現它的存在，它從未在《星期六評論》（*Saturday Review*）雜誌受到青睞。

2月1日

今天早晨，氣溫再度低於攝氏零下十二度，但是我睡得很好，因爲知道潘奇安全又溫暖，證明電熱毯眞的很好用。一夜醒來好幾次，在屋裡走來走去，扭開水龍頭來確定水管是否結凍，不時停下來思考。星星碩大，透過玻璃窗望過去，看起來就像一朵朵雛菊。

只要想像一下如果沒有這些寧靜的日子、這些沒有直接壓力的日子，情況會是什麼樣，就能瞭解這些日子多麼珍貴。昨天下午，映入那間舒適房間的陽光美麗無比，壁爐旁的櫥櫃表面顯現出大理石般的花紋，正如每年這個時候看到的陽光一樣；黃昏時分，夕陽將草坪盡頭的山丘染成深玫瑰色，把長長的樹影投在白皚皚的雪地上，光線溫煦，也比較柔和，不再是一月那種冷酷光輝。另外，太陽也晚了一小時左右下山，這當然是美妙的事。

前幾天，一位朋友的房子失竊（她不在鎭上），舉凡値錢的東西都被偷走，包括電視機、古董玻璃杯、瓷器、全部的燈具、昂貴的燈罩等。她談到這次被偷的感受，說自己不時感到恐懼，一直覺得有種「模糊的敵意」。其實這件竊盜案並非針對她（不管怎麼說，我推測不是），但讓人有這種感覺，或許竊賊有毒癮。奇妙的是，此地住宅不常被竊賊闖入，我住在村莊裡，或多或少因此免於遭殃，另一個原因是我沒有美國古董，古董正是盜賊覬覦的物品。然而，這三年來，我首次在這棟房子裡感到恐懼，擔心不懷好意的陌生人可能前來敲門或是砸碎玻璃闖入。

英國的郵局連續罷工超過兩星期了，我無法與那裡的親友聯繫，眞是不可思議。表妹珍妮特寄給我三本詩集作爲聖誕禮物，我再度埋頭讀英國漢學家亞瑟・韋利（Arthur Waley）翻譯的中國詩，眞讓人開心！讀著這些詩，感覺到一種直指的力量，這種力量深深影響讀者的情緒。夜深時，夢想著創作一些寧靜幸福的詩，描繪雪中的影子或映在屋內牆上的陽光；有可能嗎？或者對我而言，詩總是用來面對焦慮不安的方法？它是一次次焦慮不安的對比？

珍妮特還送我英國詩人泰德・休斯（Ted Hughes）的詩集《烏鴉》（*Crow*）。現在流行（始於美國詩人貝瑞曼〔J. Berryman〕）寫出這樣的人物：集粗暴、陰沉、幽默、笨拙於一身，藉由這種人物來發洩焦慮、憤怒、瘋狂的大笑。我們厭倦做自己，厭倦赤裸裸，是這樣嗎？女人並不覺得需要這樣的人物，但是我認爲比起男人，女人對「自我實現」更感興趣。女人大都把生活內化了，內化的詩意可能很有意義。詩的形式產生必要的「距離」，我感到不安的是虛張聲勢的坦露，這種坦露讓人尷尬：「看著我……我不讓人感到震驚嗎？」然而「透明」不會讓人覺得震驚：「看透我，找到凡夫俗子，即你自己。」詩的境界存在於精細的個相與本質之間。

然而，寫到這裡，我聽不到波濤的怒吼，感受不到回頭浪把我拖入那個創作的豐富潛意識世界。

2月2日

今天早晨，我就像水銀柱一樣上上下下；醒來後，覺得自己得了流感，頭痛想吐，然而，天空清朗蔚藍，陽光具有強大的力量，因此吃過早餐，躺在床上半小時後，感覺生命力像白蘭地一樣流回身體裡。我興奮顫抖，想到必須說的話與想寫的詩；躺在床上，詩的形式像海藻一樣，在我心中的海洋輕輕擺動，最後有了力氣，起身下床，把松木拿進門（這在早晨七點似乎是做不到的事），那長長的、流動的水平樹影再次讓我停在廚房的水槽邊，凝視它們幾分鐘。

置身在這個黑色、白色、藍色強烈分明的冬天世界，很難想像夏天的模樣，很難想像遠方的山丘消失在樹林後方，最後變成處處繁枝茂葉。這時的白色與那時的蔥鬱是多麼強烈的對比！從某些方面來說，我最愛冬天——不必打理花園，眞是讓人鬆一口氣！冬天的嚴酷和明亮，感覺就像在陽光明媚的日子到海邊玩，出於同樣原因，不時讓人感到疲倦。

《紐約時報》刊了一篇好文章，作者是詩人奧登（W. H. Auden）。我一邊讀著這篇文章，一邊倚著廚房的流理台吃熱狗，感到相當愉快。這篇文章的主題是我們正失去兩種珍貴的特質：開懷大笑的能力與祈禱的能力，這是爲狂歡與祈禱懇求，有意識地對死亡嗤之以鼻。所有祈求恩典與某種特殊禮物的祈禱傳達完畢，被暫時放到一邊後，我認爲上帝唯一聽見的只剩：「請讓我與祢同在」，就如時下當紅的披頭四樂團喬治・哈里森（George Harrison）唱的歌詞：「我想認識祢，我想和祢在一起。」[23]西蒙・薇依說道：「禱告是絕對的專心致志」。多年來，對我來說，越是思考這件事，越覺得它很眞實。和學生談論詩的時候，經常引用這個句子，建議他們如果一個人長時間凝視一樣東西，例如極度專心凝視一朵花、一塊石頭、一棵樹的樹幹、草地、白雪、雲朵，就會得到意想不到的啓迪，將被某個東西「給予」，或許這個東西一向在事物本身的眞實之外。我們不

23 這首歌是〈親愛的上帝〉（My Sweet Lord）。

再意識到自我的存在時，才會意識到上帝的存在，這不是負面否定自我，而是指在崇拜與歡樂之中忘我。

奇怪的是，大笑也有相同的效果。當我們進入超然狀態，就算只有片刻時間，也能笑出來。

奧登眞是神祕人物！他創作了新型態的詩，我認爲比起艾略特的詩來得獨創新穎，以反駁我們過去認知的「詩學」爲基礎，絕不浮誇、充滿譏諷、反浪漫主義、機智詼諧，這些特質都源自拜倫（G. G. Byron），不過奧登有自己的見解。「安枕你熟睡的頭吧，我的愛人／躺在我不忠懷抱裡的人兒」。我還記得自己第一次讀這首詩的時候，這幾行激怒了我。然而，我錯了，奧登鮮少**誠實**，如果一個人要承認自己是同性戀，這種坦承比表面來得困難，他並未沉浸在浪漫的觀點（那種觀點下可能採取毀滅的形式，就像小說家布洛斯〔W. Burroughs〕的作品內容，或者經過不實的美化）。我們確實都付出努力，試著透過藝術作品融合人前與人後的自己。這種事在過去不可能辦得到，如今某種程度上做到了。

2月4日

醒來後，看見陽光照著黃水仙花。先前把一束黃水仙花與紫色鬱金香放在書桌上，醒來時，陽光照著一朵黃水仙花，一束光線映在黃色波浪狀的副花冠與外圍的花瓣上。經歷糟糕的一晚後，眼前的景象讓我振作起來，繼續前進。

昨晚睡前，忽然一陣激動大哭，淚眼汪汪地上床睡覺，那是因爲感到受挫，又碰到惹人惱怒的要求，其中一個要求是有位老太太求我去探望她，我應該要去，但是我實在不喜歡她，又擔心被她識破；一直以來，她糾纏不休，當然也不知道我感到困擾；我再度拒絕了她，覺得自己像犯罪一樣，最後只好送她一本《愛的種種》當作遲來的生日禮物。事後，整個上午的工作思緒被打斷，再也無法回到核心。趕到基恩市購買食物，拿了別人爲我訂購的鮮花，我和訂花的人不熟，只因爲我跟她說我意志消沉，她就這樣做了，所以讓我感到很尷尬；這是我的缺點，對別人說了太多事，儘管意志消沉幾乎不算是憂鬱。許多人飽受飢餓之苦，而我卻花了許多錢購買一星期份的食物與酒，不禁愕然。

我確實寫了一首詩，所以不算浪費一整天了。忽然想到，「不過度自我要求」與「自我要求與期待過高」之間應該達到適當的平衡，或許我把目標設得太高，因此不斷面對一天結束而感到沮喪。找到平衡並不容易，因爲一個人如果沒有追求成功的瘋狂夢想，甚至就沒有動力去洗碗；一個人必須像個英雄一樣思考，才會做出正直的行爲。

情緒陰鬱還有另一個原因：我以爲自己會冷靜迎接新詩集《一粒芥菜種子》的出版，並接受不會有重要的評論，純粹很高興能把它送給朋友。等了三星期，平裝本寄來了，便把它們寄出去，因此現在只有少數幾位朋友讀過；然而，就算是朋友，他們也覺得很難針對詩做出回應。

瑞士心理學家榮格（C. G. Jung）說：「生活的嚴肅問題從未獲得徹底的解決，如果它們看起來可以獲得解決，無疑象徵著某種東西喪失了。問題的意義及目的似乎不在於獲得解決，而是在於我們爲了解決不停努力，光是這一點就足以讓我們不會變得愚笨與僵化。」這樣說來，隱居生活的問題無疑也是如此。

凝視那株黃水仙花片刻後起身，自問：「你想從生活得到什麼？」隨著一陣辯解與恐慌後，驚覺：「我想要的東西正是我擁有的東西，只是希望它們更得宜，希望自己處理得更好。」

眞正有破壞力的並非是驀然的一陣哭泣。哭泣可以讓心情舒暢一些，正如英國詩人賀伯特說得那樣好：

詩人錯怪了可憐的暴風雨：這樣的日子其實最美好；
它淨化了空氣，更讓內心開闊。

眞正有破壞力的是不耐煩、匆忙、期待太多又太急。

2月5日

雪下得很大，是暴風雪。過去幾星期以來，無情陽光始終燦亮刺眼，現在眞讓人鬆了口氣，此刻一切溫和，白雪將屋子圍了起來！這些日子我們像住在鑽石中心，白雪反射陽光，沒有陰影，沒有遮蔽，讓人感到精疲力竭。此時此刻，狠心的藍空與刺骨的寒冷都被一種奇妙的單調取代了，一種讓人無法回應的單調。

昨天完成了一件大工程，那就是清理了舒適房間壁爐旁的櫥櫃。多年來，那個櫃子塞滿了紙張與盒子；全部的垃圾桶都塞滿後，不得不拿塑膠垃圾袋來裝垃圾，我還是完成了這件事。在一個香菸盒裡發現了一隻死老鼠，牠的樣子十分完好，就像標本一樣坐在美麗的窩上（看起來就像鳥窩），那個窩以零碎的羊毛與毛線做成，中間還鋪了白色柔軟的東西。牠一定是做好了窩，準備分娩，然後無疑是中毒而死，想到這點就難過。牠有著白色的肚皮與極可愛的臉龐，這是一隻田鼠。每年秋天，這些田鼠成群竄進屋內，因爲冬天時貓咪住在茱蒂那裡。牠們散發的氣味非常難聞，我點了某人在耶誕節送的松木塊香，那確實有效。現在每當走過那個櫥櫃，知道裡面乾淨整齊，都會感到鬆一口氣。

不時發現自己重讀法國哲學家路易・拉維爾（Louis Lavelle）的《邪惡與苦難》（*Le Mal et la Souffrance*）。這本傑作的第二章題目叫作：〈一切的離合〉（Tous les Etres Séparés），正是它培養與確定了我的信念，也就是我相信獨居是一種交流的方式。拉維爾寫道：

> 在我們意識到人眞正成爲一個人之前，人與人之間不可能有眞正的交流：因爲如果一個人能付出，就必須在痛苦的孤獨中擁有自己，除此之外，沒有東西屬於我們，我們也沒有東西可以給予……一個人甚至可以這樣說：一旦我開始與自己溝通，就是開始與他人溝通。確實，最悲慘的獨居是讓我不再於我認定的自己與我自身之間強行設置界限，因爲在這種情況下，我的意識在眞實的自我面前變得極爲陌生，我非常痛苦，因此我無法說出自己渴

望或缺少的東西。獨居是爲了體會自己擁有無法施展的力量，但是一旦我能施展這種力量，就能迫使自己增強與自己、與所有人類的關係，藉此瞭解自我。

然而，我們的獨居——這種讓我們內心有強烈責任感卻同時不可能自給自足的獨居之所以成爲獨居，是因爲它同時吸引其他獨居者，我們覺得必須與他們交流一樣，因爲唯有透過這種交流，每個意識才能發現它的命運本質不是發現與主宰事物，而是生存，那代表著發現它本身以外的其他意識，並在連續的光明、歡樂、愛之中，從其他意識獲得啓發、不斷給予，這是精神宇宙的唯一法則。

2月8日

這段美好的日子裡，氣候溫暖，陽光燦爛，艾莉諾·布萊爾星期六來這裡住了一晚。從一月六日以來，我一直沒有訪客，連來訪一、兩個小時的客人都沒有，所以艾莉諾的到訪稱得上是大事。我喜歡張羅一切，包括準備茶水，燒旺壁爐的火，歡迎她的到來。現在我可以不再把屋子視爲粉碎機，每天得做些事才能維持它的運轉，而是能再度視爲美好的住處來迎接客人。艾莉諾留意一切，比任何人都更稱得上是我的「作品之友」（她協助我打字與編輯，在漫長的創作過程中對《愛的種種》抱著信心！）。

星期天上午，我們出門散步，從聖誕節前夕至今，這是我第一次散步，因爲先前的天氣太冷了。我們穿過草地，走了約四分之一英里的路來到弗蘭奇農場。我聞到空氣中的春天氣息，首次聽見山雀發出一兩聲春天的鳴唱，眞是美妙極了，松鴉也發出春日的悅耳叫聲（恐怕無法稱爲一首歌），我們走到半山腰時，皮克西（可愛調皮的喜樂蒂牧羊犬）、一隻小獵犬、穀倉裡小羊微弱的咩咩聲都歡迎著我們。抵達農場，發現綿羊與小羊都在戶外，小羊蹦蹦跳跳，綿羊貪婪地舔著雪，彷彿那是魚子醬。我把一隻黑色小羊抱在懷裡，感受牠柔軟的鼻翼蹭著我的臉頰，牠的羊毛如此纖細柔軟！這群狗兒、綿羊、小羊、小貓眞是妙極了，凱西不斷走來走去照顧羊群，這時第十四隻小羊即將出生，我急忙衝進穀倉，希望再次聽到母羊初次舔舐小羊時發出的嘶啞飢渴聲。這隻母羊很安靜，凱西引導著小羊吮吸乳頭時，牠一再轉頭望著凱西與她熟練的雙手。凱西大約十五歲，從五、六歲開始飼養一隻小羊當寵物起，現在已擁有二十到三十隻母羊與一隻公羊，每年都會增加至少二十隻羊，她成爲眞正的牧羊人了。這只是多特與溫夫婦爲孩子打造的神奇世界、一個「和平王國」的一部分。這些年來，看著這個小男孩與他面對所有動物的無比信心，總是感到高興。農場坐落的位置使它更具魅力：此處位於山頂，遠離受到保護的村莊所在的盆地，擁有開闊的空地與群山環繞的美妙景象；這一天，群山宛如略帶紫色的天鵝絨襯著變幻中的天空，快速移動的烏雲經過太陽，太陽看起來像月亮。我爲艾莉諾感到高興，她會在暴風雪來臨前到家。

想到風雪交加的冬天世界將會發生的事，不禁感到害怕顫抖。這一晚狂風暴雪，強風呼嘯著屋簷，雨雪敲打著窗戶，我想著隔天醒來，不知道情形會是如何。不料，隔天醒來，看見溫．弗蘭奇正開著鏟雪機在鏟雪，情況不算太糟糕，積雪只有三英寸厚。由於強風狂吹，雪被吹得四散，蜜爾德蕾正在清掃。

眞高興自己不必出門。可以在這一天好好思考，自由自在！

2月9日

此時此地，我就像活在一個情緒變化無常的寬廣宇宙裡。昨天設法開車出門，趕著做了幾件事，因爲另一場暴風雪即將來臨。後來它確實來了，先是強風大雪，接著又下了一陣暴雨，氣溫降到快要結冰。醒來時，看見結冰的銀樹，還有一片看起來就像四月的天空，陽光穿透雲層。但半小時前，天空忽然變得黑壓壓，烏雲密布，雲層近乎黑色，又起風了。

我的內心也有風暴醞釀、一種激烈的情緒變化。如果這裡沒有電話，那眞會是災難，但另一方面，話筒傳來的聲音又可能有毀滅的力量！感覺自己被捲入獨居不時造成的流沙裡，一種被淹沒的感覺，簡直像被吞沒。我一向獨自面對重要的事，大多數時候，我獨自一人，在各個方面完全孤獨，我從這種孤獨中得到的優點或領悟可能是瞭解人類普遍狀態的方式。一個人面對這種徹底的孤獨也是一種成長，更是一個人偉大的心靈旅程。一個人要完全獨立得付出什麼代價？這正是困難之處！我很清楚自己與在意的人之間，存在著一種良性的緊繃關係，例如安妮．伍德森，當然也包括X。我從這樣的人際關係學會不少道理。

當一個人像我一樣大都獨處時，就連與養在客房窗台上的四盆水仙花的被動關係也變得眞實。對我來說，一朵花或是一株植物長得好不好，非常重要。早晨醒來後，潘奇發出什麼樣的音調，很重要。掀起鳥籠蓋，牠發出一聲愉悅的尖叫，接著自由地爬出籠子，坐在外面的桿子上，欣賞鏡中自己的模樣，這番情景讓我開懷大笑，當牠像今天一樣安靜，我憐憫牠，就像憐憫那隻野貓一樣。那隻野貓恐怕永遠不會變得溫順，但是每天下午都過來享用牛奶與食物，用牠圓圓的綠色眼睛熱切地盯著我；牠不出現時，我不只一次焦慮地哭了，荒謬可笑吧，然而如果沒有這種親密關係，我要如何保持活力？每種關係都帶來挑戰，每種關係都要求我成為什麼、做點什麼、回應什麼。如果我對任何事物都沒有感覺，那麼生活還有什麼意義？只剩承受……忍耐……等待。

太陽突然出現，天空蔚藍，一切竟然就在我寫幾個字的時候發生了！眞是讓人驚嘆！

我再次播放露薏絲·博根送給我的兩首舒伯特即興曲，分別是第九十號作品與第一百四十二號作品，演奏者是季雪金[24]。

我曾經說過，我們必須創造生活的神話，重點是如果這麼做，天候、逆境、工作造成的悲傷或難以說明的情緒發作——如果我們訓練自制，深入思考——都會變得有價值，都會讓我們更深刻地理解活著的目的、做人的意義、平凡的危

24 季雪金（W. Gieseking）生於德國，住在法國，他是知名的現代法國印象樂派鋼琴曲演奏家。

險、日常的問題。一天之中，我們上天堂、下地獄十幾次，至少我是如此。工作的紀律會提供一種平衡，靈魂的瘋狂荒謬運作因此變得正常，富有創造力，讓人避免朝地倒下。

這是我在獨居時保持活力的一種方法。過去幾天，又發現了另一個有效的方法，那就是對自己說：「如果我不是獨居，情況會是如何？如果我有十個孩子，他們每天早晨要上學，在他們放學回家前，我有一大堆衣物要洗，情況會是如何？如果其中兩個孩子得了流行性感冒躺在床上，脾氣很壞，或者閒著沒事，情況又會怎麼樣？」這些想像足以讓我繼續安於隱居，彷彿它就像眾神給予的美妙禮物，而事實也是如此。

對照很重要，此外我每天都刻意做些不同的事。今天早晨，我設法振奮自己的心情，擺脫憂鬱，我告訴自己：「今天早上，你的工作獎賞是清理酒櫃。」酒櫃裡亂七八糟，但比起那個放滿紙張的櫥櫃，酒櫃的凌亂還可以接受，酒櫃四周撒了老鼠藥，那是因爲某天我看到一隻超大的老鼠爬上牆壁。

每一天與每一天的生活都必須是有意識的創造物，並以娛樂及純粹傻氣的事舒緩一天的紀律與秩序。願上帝賜福潘奇，牠讓我開懷大笑！

最大的缺憾是附近沒有可以抱在懷裡的動物，極度想念那兩隻老貓。

2月13日

屋裡擺滿春天的鮮花，是情人節禮物。這個月份的春天花朵最讓人感到愉快。昨天樹木遭到冰封，天寒地凍，因此室內這些生機勃勃的新鮮黃水仙花、鳶尾花、鬱金香實在令人心醉；在這個毫無氣味、冰天雪地的世界裡，就連碧綠的葉子與它的氣味都像是奇蹟。

一直沉思榮格的兩段文字。第一段寫著「心靈昇華的危險」之關鍵：「一個人靠著想像光明的形象無法茅塞頓開，而是憑著黑暗中悟出的道理。」第二段如下：

只有永恆的形象方能帶給人心理的尊嚴，這種尊嚴可以讓人堅持自己的心靈道德，相信堅持不懈很值得，這時他才會意識到內心的衝突、爭執、磨難其實是財富，這種財富不該浪費在攻擊他人；如果命運以內疚的名義強要他償還債務，那麼他就是欠了自己的債。

2月22日

在維吉尼亞州諾福克市度過週末，回來後對這個白色世界感到陌生。在諾福克讀了一些詩，然後又在華盛頓的瑪格麗特・布頓（Margaret Bouton）家待了二十四小時。與她在一起實在太棒了，因爲她是國家美術館館長，她在辦公室工作時，我就可以在館內逗留好幾個小時。這次我滿懷仰慕地再度欣賞佛蘭德斯（Flemish）畫派的作品，後來還很幸運地看到肯尼斯・克拉克（Kenneth Clark）綜合分析該時代畫作的紀錄片《經驗之光》（*The Light of Experience*）。

法蘭德斯畫派的作品旁邊懸掛著法國畫家克盧埃（F. Clouet）的一小幅作品，似乎傳達了法國人精緻清透的本質。然而，我直覺地偏好法蘭德斯繪畫，畫中永不安寧的天空與室內裝飾融爲一體，陽光灑落在荷蘭的房間內，不僅維梅爾（J. Vermeer）的畫（不用多說！）是如此，還有彼得・德・霍赫（Pieter de Hooch）的畫也是，這些畫作讓我深受感動。卡爾普（Culp）的一幅靜物畫讓我當下喜悅不已：切開的檸檬、陽光灑落在兩只葡萄酒杯。林布蘭的一幅肖像畫令人印象深刻，粗獷大膽的線條勾勒出的臉龐，彷彿清晰地勾勒出混亂的人性，又以細膩的筆觸描繪蕾絲衣領與衣服，這樣的對比讓我深受感動。這些繪畫之所以強烈吸引我，我想是因爲它們代表我想在詩與小說裡達成的目標。他們從未強加死板的輪廓在筆下的世界，就算極其尋常的家庭景物畫也會讓我們忽然受到啓發，深刻的領悟。畫家熱情看待現實，我們因此看到的生命未被傷感渲染，而是得到強化。

瑪格麗特爲我舉辦了愉快晚宴，我在晚宴上與三位傑出男士的交談激動人心（我一直渴望遇到這樣的事），這種心情潛藏著我對瑪麗妮雅・法漢姆（Marynia F.

Farnham）的著作《現代婦女：失落的性別》（*Modern Woman, The Lost Sex*）的想法，閱讀此書的過程讓人深感不安，也無可避免。這本書描寫迷失方向、極度焦慮的文明社會，它爲讀者帶來宛如地震的震撼感。書裡關於男人與女人的論述完全缺乏說服力，此外給我的印象是論及女人每每總帶著輕蔑，那些隱喻中的偏見似乎需要分析（也許它應該受到另一位精神分析學家的檢視）。她以德國音樂家巴哈爲典型的模範，斷言「眞正的」天才只出現在異性戀的男性，我自然強烈反對這種論述。照作者的說法，「後天」天才與「眞正」天才之間因此有了區別。我不吃「天才公式」這一套，它總是引起我的厭惡甚至怒氣，因爲就自我實現的方式來說，人比任何範疇的定義都來得複雜多元。如果「天才」的定義得將米開朗基羅、托爾斯泰、狄更斯、莫札特、塞尚……天知道多少其他神經質、未婚，或是同性戀的男女都排除在外，那我眞的無法相信這樣的定義！値得注意的是，她舉的「眞正」天才的範例不是音樂家就是數學家，這些天才很早就展現出天分，甚至在青春期之前就顯現了，但是文學與繪畫的天才截然不同。我可以斷定，所有天才的偉大作品都發揮了個性裡的男性與女性特質，不論這種雌雄同體的本質是否展現於性別方面，德國作家湯瑪斯・曼（Thomas Mann）就是很好的例子，還有天賦不算很高的薇塔・塞克維爾—韋斯特也是一例。

我完全認同《現代婦女》的其他觀點，例如多年來我一直哀嘆護理人員這一行業遭到貶低，這是因爲養育照顧是女性的工作，需要女人特有的天賦。可悲的是，黑人努力爭取自我定義時，開始認爲這個職業是僕人的工作（就像家事），認爲這個工作受到歧視。我們可以從護理人員身上學到許多東西，包括體貼與天分，憑直覺瞭解病弱者的需求，還有著天生的熱情。我記得羅伯特・克羅普斯托克（Robert Klopstock）告訴我，他接受肺葉切除手術後，一再要求黑人護士照顧自己。

然而讓人厭倦的是，目前的美國社會風氣重視「性」，尤其強調最後要達到性高潮。我們應該多思考什麼能讓生活更豐富，打個比喻，讓我們以新的方式思考花卉與動物，如果一個敏感的人感覺與大自然和內心自然的自己和諧共處，他就不會爲性所困。性該發生就會發生，高潮也不是巧妙表演出來的小花招，而是與整個宇宙交融在一起的波動。強調性欲的滿足本身就是另一個貶低人的例子。

當我只想思考與寫詩時，回覆來信的工作讓我惱火，心中出現暴躁的情緒。眞是奇怪的時刻。我渴望有空閒的時間，沒有責任纏身，沉浸在自己的內心世界與情緒。可是許多的事情尚未解決、也必定無法解決時，或許沉默也不錯。無論如何，現在已是中午，我從早上九點開始就一直埋頭寫信。

昨日下午，走進屋裡，這間房子給我的感覺是哀傷空洞。甚至可憐的潘奇也被好幾天的孤獨弄得無精打采，儘管蜜爾德蕾按時來喚醒牠，餵食牠，安頓牠睡覺。這家房子被忽略了幾天，就失去了靈魂，千眞萬確。

3月1日

此時天空瀰漫春天氣息，陽光更加燦爛，原因是附近的積雪仍厚達三英尺。

但空氣中洋溢著歡快的氣氛，松鴉與山雀唱著春天的曲調，楓樹復甦，我也逐漸恢復元氣。我與X共度美妙的週末，我們在海邊迎風散步許久，我感到無比的喜悅、幸福。昨日歸來時，太陽正要下山，金色餘暉灑落在白雪上，把室內的牆壁映得明亮無比。只有這一次，我沒感覺到這間空蕩蕩房子帶來的痛楚，它歡迎著我；一小時後，那隻野貓來了（我一直等著牠），我給牠食物；我確認了一直以來的感覺，這隻膽小、熱切、飢餓的貓咪無疑是第二個我，我理解這隻始終在追求安慰、望著明亮窗戶的局外者。

有時覺得自己像沒有牆壁的房子。三月的某個晚上，莫特・梅斯拍攝這間燈光明亮的房子，那張照片捕捉到那種情緒：從外觀看起來，這間房子十分耀眼，就像在許多人眼中，我的生活**看起來**燦爛，因爲它具有創造力，闡述了人性與滿足的意義，因而讓人感到欣慰。然而，事實上，不論我的工作有什麼良好的影響，確切地說，那是源於我孤獨與脆弱的感受。這間房子是開放的，一般家庭成員居住並互動的那種房子做不到這一點。我的生活往往孤獨得可怕，與許多不認識也不可能認識的人們互動，他們的感受正如法國作家紀德（A. Gide）所說的「可利用者」，因爲我離群索居，沒有家庭。我常常想到伊莎・丹尼森的座右銘「我會回答」（Je répondrai），那是她在丹尼斯・芬奇・哈頓（Denys Finch Hatton）死後所寫的。多年來，它一直是我的行爲準則。然而當我過度沉浸在自己永遠無法解決的問題裡，那種回覆的能力與需要不復存在。這麼說來，是詩照亮了這棟房子，就像莫特的照片一樣，而此刻我覺得有點悲傷，因爲目前這裡並沒有詩。

3月3日

我生活中的一個福氣是可以自然醒來、躺下、思索，再投入一天當中。潛意識緩緩流過最初的意識，我記起一切，然後感受這天的天氣。我幾乎總在早晨六點半至七點半之間起床，這一天與另一天沒有太大差別，但我過得隨心所欲，沒有被迫做的事，這讓情況有所不同。

今日是鐵灰色的世界，吃完早餐後，塡滿餵鳥器的飼料，清空廢紙簍，因爲一場暴風雪又將來臨。天氣預報已提醒，風從東北方吹過來，進屋時，感到雪花落在臉上。現在雪下得很大，又是縮到自己繭裡的美好日子。希望今天能寫出一首詩，近來許多思緒纏繞在心頭，尙未沉澱。

這一晚，我想起了一個希臘神話故事，描述一對情人，一個只愛高山，一個獨戀大海，因此他們不得不在山海之間會面，否則根本無法相見。這個故事讓我想到了美國詩人米萊（E. St. Vincent Millay）的詩作〈山谷薄霧〉（Mist in the Valley），它的結尾如下：

哀痛之極，流不出淚，
我佇立著，想起島嶼與大海失落的聲音，
美好的生活就跟沙灘上的唧唧鳥鳴一樣短暫，
兩年、兩年，

我辛勤地耕種高地！

我經常感覺這裡到處都有海的形象，包括壁爐台上的貝殼，當然也包括那個大房間裡葛飾北齋[25]的畫作。

米萊的詩作如音樂般美妙。她粗略卻自然地改變詩的節奏，長短相宜……〈雪中雄鹿〉（The Buck in the Snow）一詩完美體現這項技巧。她的作品經常帶有英國詩人豪斯曼（E. St. Vincent）與莎士比亞的微弱影子，唉，最後她竟無法創造一種與成熟技巧相配的可行結構，無論在她心中或是在詩裡皆如此。

昨日收到尤金妮寄來的美好信件（現在她七十多歲了），內容與老年有關：

生命繼續前進，表面上單調乏味，深處卻雷電交加，達到巔峰，充滿絕

25 日本江戶時代浮世繪畫師。

望。我們邁入的這個人生階段充滿新觀念，卻無法傳達到另一個階段；在這個階段，一個人感受到無比的溫柔，同時又感覺到極度的絕望，這種生活的難解之謎不斷擴大，它淹沒一個人，壓垮一個人，然後在至高無上的光明時刻，一個人忽然開始意識到「神聖」。

我們的生活必須盡可能接近尤金妮所謂的「神聖」。我越來越明白印度教的思想充滿眞諦，爲了讓自己變得完整，一個人在晚年時離開家人，拋下責任，成爲「聖者」、一位漫遊者，拋下所有讓心靈遠離大自然、遠離純粹冥想的東西，重點在於不要變得漠不關心。家務事確實提供生活的秩序，然而我對花時間做家務越來越沒耐心。我不得不把全部的地板重新漆成黃色，這個工作實在是讓人厭煩。地板的漆已經維持十年，比我最初的想像好上太多，但現在它確實看起來陳舊破爛；昨天努力準備了油漆，但是油漆必須混合調配，這都要花時間——「辦事時間」。蒔花弄草則截然不同，那扇門總是敞開，通往「神聖」：成長、出生、死亡；每朵花在短暫的生命裡容納了整個謎團，我們在花園裡永遠不會遠離死亡、滋養、美好，具有**創造力**的死亡。

雪下得密集快速……

3月5日

眞正的東北風。狂風嗖嗖地吹，潛入屋內，忽然猛擊這棟房子，房子發出嘎嘎聲與嘆息聲，大門砰砰作響。我一直擔心那些老楓樹會斷裂，但目前爲止，尙未聽到那讓人擔憂的嘎吱聲，頭幾年的冬天裡，那種聲音讓人驚恐。

昨天非常美妙，連續工作四小時寫一首詩。那首詩不夠完美，但我很快就會繼續修改，今天早上稍晚就會著手。

昨天下午，那隻野貓在陽台的門前喵喵地叫。我開了門，站在門後，牠躊躇不決，很想進來，試著鼓起勇氣，最後又跑開了。不過，當我把牛奶放在屋內，敞開大門，牠最終還是進來了……終於進來了！六個多月以來，我一直承受牠持續的凝視，感受牠想信賴人類的渴望；在這個可怕的暴風雪裡，確定牠能平安就像天大的恩賜。我把食物放在地上三、四次，每次總被吃光，但是這隻貓咪就像影子，我一靠近，牠就安靜地逃離。牠在夜裡發出一聲奇怪的喵叫，起初我以爲是外面某隻公貓的叫聲，現在知道了牠正處於發情期。今天早上，牠消失在地窖裡或房子下方的某處；眞是美好，因爲我知道這隻野貓在屋裡的某個地方，藏了起來，過著自己的生活，安安全全。

外面是銀白世界，雪不停橫颳著窗，狂風把飄雪積成堆。然而，我確實身處天堂，書桌上的淺綠花盆裡插著迷人的「二月」黃水仙，壁爐台上擺著淡淡杏黃色的鬱金香，這些鬱金香有著黃色葉脈與暗紫色花蕊。我生起了壁爐的火，因爲風鑽了進來，感到寒冷。我在唱片機播放貝多芬的奏鳴曲（《田園》與《告別》），要開始工作！

3月16日

外出演講，只離開了一星期，卻覺得像離開了好幾個月，擠滿了事情。「回家」意味著被堆積如山的信件攻擊，因此返回內心世界之路仍顯得有些崎嶇不平。回家後，看見一片銀白世界，霧氣籠罩，廣大的雪堆上方瀰漫著白茫茫的霧氣，穀倉到公路之間的雪堆高達六英尺。屋內沒有鮮花，走進時感到淒涼。那隻野貓仍在這裡，蜜爾德蕾爲牠準備食物；我只瞥見牠一眼，然後牠就消失了，牠是隱形的奇妙存在。

想把這次的奇遇告訴別人，卻沒有傾訴的對象；那些經歷在睡夢中自行整理完畢，一堆雜亂的印象逐漸被區分，回歸本質。那一週很愉快，因爲覺得自己有用，因爲許多人告訴我：「我讀了妳全部的作品。」我總是很驚訝居然有人讀過我的作品，如今發現自己的作品逐漸受人青睞，眞是鼓舞人心。

在密爾瓦基[26]時，住在瑪喬芮・彼特科（Marjorie Bitker）的家裡，從臥室望向窗外，我目睹了湖上日出的美妙景象：起初，那片平坦淺綠的冰凍湖水上方，地平線充滿溫暖的金光，後來金色變成微紅的粉紅色，寬闊平靜地擴展開來，彷彿天空本身是一朵巨花；因爲下過了雪，所以大地一片銀白，最後，那個紅色的圓盤忽然升起，陽光灑滿湖面，這一刻極度寧靜，是一天美妙的開始。因此，儘管那天有預先安排的談話（朗讀前一小時喝飲料，一小時吃午餐），仍能保持鎮靜，覺得輕鬆，也沒耗費什麼體力，而且聽眾極度專注地聆聽。

演講過後，瑪喬芮開車帶我去觀看建築師法蘭克・洛伊・萊特（Frank Lloyd Wright）設計的希臘教堂，教堂有著圓形屋頂，內部的形狀像希臘十字架；它擁有寧靜優美的整體性，似乎與日出有著相同的效果，兩者皆寧靜而廣闊。但是那天的行程有報紙採訪與廣播訪談，晚間七點還有半小時的電視訪問，一天下來，

26 密爾瓦基（Milwaukee）位在威斯康辛州。

我累壞了。

3月18日

把過去的事記在日記裡很困難，因爲每天都有許多事情發生。在中西部的那一週似乎已經是很久之前的事了。然而那片平原、遼闊天空下犁過的棕黑色土地展現的悲傷與空曠、奔跑的小豬、猛衝的小羊、最後一天走訪艾瑟爾・賽伯德的古老農莊，這些記憶仍舊鮮明……她從家族手中拯救了這座幾近荒廢的老舊農莊，這座農莊有一種健康、親切的古老氣氛，她與妹妹一起致力打理，彷彿它是一首詩；即將退休之際，這座農莊成了她們樂趣與冒險的來源。農莊所在的村莊叫作「魚鉤」，此地仍極具邊疆生活的氣氛！我很高興在此地度過這一週的尾聲，而不是在市區，並且很開心能與學生共度這段時光。伊利諾學院並不富有，但是我深深體會到學生的朝氣與熱誠，眞是一段美好時光！

書桌旁的朱紅色孤挺花正在綻放。抬眼望著它透明的花瓣，在燦爛藍天的襯托下，紋理清晰，閃閃發光。它代表著快樂與健康的歡呼，象徵戰勝了嚴冬。

昨天回覆一封讓我沉思了數星期的來信。最近收到許多來信，它是這些信的典型。這封信件的最後一段告訴我：

我想知道哪種地獄比較糟糕：完全靠著自我激勵的生活地獄，或是我感覺自己是其中一分子的地獄，在第二種地獄裡，關於我想說的話（來信者是一位畫家）、我想表達的方式、我的恐懼與疑惑，我都掙扎著妥協。許多事情讓我退縮不前，像是我的惰性、十年前我做出在婚姻中屈居第二的抉擇、孩子、經歷、那些與我有著同樣背景的女人在社會上所處的位置，這裡指的不是個人地位，而是廣義的地位。單純當個女人眞是困難。一個人會放棄安全感，只要有必要就去發展嗎？妳認爲一個人可以在婚姻裡做自己嗎？我打從心底羨慕妳的獨居生活與妳決定這樣生活的勇氣。

「一個人可以在婚姻裡**做自己**嗎?」提出這種問題的女人通常不是那些沒有責任感的女人,而往往是那些有孩子、有愛心的女人(正如此例)。她們深感挫折迷惘,覺得時時刻刻都在錯過「眞正的生活」。難道這一直是事實,只是我們到現在才能承認嗎?那麼解決辦法是什麼呢?毫無疑問,正如婦女解放運動堅持的主張,其中一個辦法就是,現在是號召男人付出相同溫暖的養育力量的時候了,社會通常理所當然地認爲女人才擁有這種力量;我們不該再根據性別或任何先入爲主的婚姻觀念分派角色,角色應該從兩個人的特殊需求及他們的能力與天賦自然地產生。「在婚姻中屈居第二」聽起來像維多利亞時代的用語,在愛情關係裡(不論是同性戀或異性戀),沒有任何一方應該認爲自己得放棄一些本質來維持這段關係。然而,事實上,男性確實仍持續低估或貶低婦女力量對文明的巨大貢獻,只把她們視爲家庭主婦,而女性無疑同樣貶低了自身力量。不過,當一位有了孩子的幸福人妻會「羨慕」我這樣的隱居女子,這表示其中有問題。

我敢說,我的生活不是人類最好的解答,我也從未這麼想。在我的情況中,獨居固然讓我能創作一些藝術作品，但我在成熟與幸福方面付出很高的代價。已婚者是否能擁有我所擁有的空間與時間是眞正的問題，這並不容易回答。

現在比以前辛苦是因爲一切都加快了速度，也過於擁擠，因此那些能讓我們放慢腳步、逼我們有耐心、讓我們回歸緩慢的自然循環之一切事物都有益，蒔花弄草是訓練優雅的方法。

現在比過去辛苦是因爲料理家務與室內裝潢的標準變得虛僞做作，變成競爭比較。我不怪孩子逃離宛如雜誌《美麗家居》住宅的房子，那種房子根本不是遮風避雨的住所，毫無人情味，浮華鋪張，鮮少能表達個別家庭的生活風格。我爲《家族》雜誌寫專欄時，刻意寫了一篇頌揚簡陋的文章：如果一間房子沒有一把舒適的舊椅子，就沒有靈魂。這都回歸一個事實：沒有人完美無缺，我們僅僅是人而已，走進一間富有人性的房子讓人感到輕鬆！

追根究柢，是不是我們試圖過度控制？例如植物可以讓室內變得更舒適，就因爲它們不能被控制，一個人不必炫耀一間房子，只要好好住在裡面，根據需求讓它成爲眞正擋風遮雨之處、一塊滋養之地，也就是改善生活品質的事物比效率更重要，像是坐在桌上、望著窗外的貓咪、一盆開花的球莖植物、四處散放的書本。

上星期日，我走進屋內時，瞭解到這間房子沒有鮮花就沒有生氣，會讓人感到孤獨淒涼，那一天的最後，我淚流滿面，彷彿被上帝拋棄。目前這間屋子的其中一個房間擺著深紅色的鬱金香，另一間放著白色與粉紅色的鬱金香，我又能呼吸了，充滿喜悅，再度感到在家的自在。

3月20日

入春的第一天，我們就碰到猛烈的暴風雪！昨天開始下雪時，一大群鳥兒飛向餵鳥器，起初是一群金翅雀，接著我瞥見了一隻頭部呈亮粉紅色的紫雀，現在又飛來了紅翅黑鸝，哎呀，椋鳥也來光臨了。當牠們離開，就輪到黃昏雀與松鴉了；兩對毛茸茸的啄木鳥與一隻長嘴啄木鳥一整天都來來去去，啄食著板油[27]。如果沒有這些飛翔的鳥兒，外面的銀白世界看起來將無比空洞！

這幾天，分別接待了畫家沃格爾—納茲（Vogel-Knotts）與安妮·伍德森。我向來認爲畫家是讓詩人變得更豐富的朋友，反過來說也是，這是因爲兩者使用的媒介不同，完全沒有競爭的陰影，而我猜想這種陰影一直存在於作家之間。畫家與詩人的相互評論、觀察各自作品的方式都很純粹，充滿了喜悅，是自然而然的反應。我羨慕畫家是因爲他們可以將作品固定好，全面審視它，作家不可能這樣審視自己的作品，就算作品是只有一頁的散文或詩。然而畫家出讓一幅畫必定非常困難！一本書出版了，走向世界，但是作者仍然擁有它，可以一次又一次把它送給朋友，但畫作脫手了就永遠離開了。

我猜我羨慕畫家是因爲他們可以仔細思考形式與結構，不必掛意人的痛苦與

27 板油指牛或羊腰部的硬脂肪。

混亂，我連想像無文字的表達都感到平靜。

4月6日

再度出門演講一星期，現在終於回家了，看見正在融化的白雪！大門前的花崗岩台階旁冒出一小簇一小簇雪花蓮，雲杉叢中的幾朵番紅花正在綻放……把它們移出來的話，恐怕爲時過早，因爲無疑還會碰上寒冷的日子。這些日子以來，只有紅翅黑鸝與椋鳥光顧餵鳥器，浣熊爬上後門廊上的柴堆偷走香籽蛋糕，我在穀倉旁邊看見一隻巨大的土撥鼠溜出穀倉，牠是否吃掉了蜀葵初生的嫩芽？去年牠吃光了所有的蜀葵嫩芽，我只得沿著保暖的褪色木頭種了番茄，番茄長得很好，但是我很想念蜀葵。

小溪終於不再結冰，溪水奔流，飛濺在岩石上形成白沫。充滿生命力的深棕色溪水衝擊著巨石，形成一股股小瀑布，這就是所謂的「春天」。

然而，明天可能有凜冽的東北風與大雪，我沒卸下雪地防滑輪胎是明智的決定。

4月7日

正如預料，夾雜著白雪的強烈東北風呼嘯而至，就連潘奇今早也安靜地蜷坐在籠子裡。但是對我來說，這種天氣讓人高興，我有一整天的空閒可以善加利用，擺脫連日以來忙著補做事情的一團混亂，擺脫那些紊亂、無法理解的經驗。離開了一星期，回來後很難順利地重新習慣隱居生活，因爲立刻被許多必須處理的要務纏住，還得回覆各種事情，這時我渴望有二十四小時整理我的經歷。覺得自己像一條河流，只因潮汐發生變化，一時之間，河水逆流，毫無方向，四處奔竄。

看到一張便條紙，要求我把露薏絲・博根寫給我的信寄給她的遺稿管理人，此人想出版書信選集。我得打開那個巨大的文件夾，埋頭鑽進許久之前對我有著重大意義的人際關係裡。諸如此類的事讓人心煩。

我絕不會忘記從華盛頓出發開車一整夜後，初次走進那棟位在東一百六十八街一百三十七號公寓的情景。當我走進那個文雅的房間，一股由敏感、痛苦、清醒的心靈散發的光芒，讓我感到一陣強烈的懷舊之情；衝擊非常強烈，因爲自從走進珍・多明尼克（Jean Dominique）位在布魯塞爾學校附近的兩個房間以來，從未感到如此自在。公寓的每一處更反映出一位獨居女人的格調，彷彿隱隱約約的音樂，給人飽經滄桑的感覺，周圍環境則呈現著品味；這個房間就像貝殼，房間主人的過往如海水潮汐迴盪著，生活的本質反映在色彩、藝術品，尤其是許多書籍上。我的懷舊之情來自於渴望被法國人稱爲「友誼之愛」的世界接納。這種友誼之愛從一開始就被認爲是「喜歡」，絕不會「實現」爲愛情，但是彼此都有強烈的感情回應，不管這種回應有聲或無聲，它都帶著悲傷氣氛，甚至是自我克制、或是如柿子般淡淡的苦澀，如果用露薏絲的話來形容這種氛圍，那就是「生活的昇華」。

這種關係的本質在於心靈的吸引力，心靈的吸引力會讓這種關係變得平靜柔和，充滿啓發。

這些房間的主人是比我年長的女人，我敬愛她們。我在這裡感到自在，就像有時待在幸福夫妻的房子或房間，或是兩個感情融洽的朋友同居的住處（我想起了比爾與保羅的舊金山公寓），但是接著必然無法接觸到生活的本質。獨居的價值說不盡，其價值體現於獨居者的屋子有敞開的大門，有房間接納與珍惜陌生人與新朋友。對我、露薏絲、珍・多明尼克來說，空閒的時間必須巧妙管理，從以前到現在都是如此，否則一個人會疲於應付。我們渴望完全開放與渴望接納，同時也得培養超然的態度。當一切達到眞正的平衡，人們就恢復了鎭靜、心靈的平和。我常犯的錯誤是「操之過急」，希望某事趕快完成，希望別人迅速回覆，桌上的東西要立刻處理……這種強迫的回應或許太過分，錯失了太多，或是沒有轉圜餘地。

無論我接納誰走進生命，那都是因爲他們大力鞭策我，我也深深激勵他們，這樣的關係鮮少平靜，卻提供養分。寫到這裡，科特的鮮明形象浮現腦海中，他一定會完全同意我的說法。打開一本舊日記，發現他寫給我的一些信件，那是我在他死後抄下來的，下面兩段話再次讓我瞭解他是什麼樣的朋友：

你瞧，我很喜歡你，希望你擁有全部的優點，沒有半點缺陷。你有無數的優點，卻遲遲不予以實踐，因此我要對你嘮叨。不過，因爲你很迷人，又聰明絕頂，所以你一定要認眞聽我說，但是你可以微笑（瞧，我眞是反覆無常，因爲你一笑，我就全面棄守）……我希望你時時刻刻意識到你所謂「鋼鐵般的堅強」，瞭解我說你很明智。我的意思是不論你做了什麼瘋狂混亂的事，千萬別忘了你有大智慧，它一定能讓你平平安安，毫髮無傷……

當然我會責備你，嚴厲譴責你，甚至會偶爾揍你，這一切都出自我對你的美好、溫柔之愛。

4月12日

地上仍有積雪，太反常了！我總忘記泥濘的季節讓人惱火。有隻浣熊每晚都爬到後門廊，如果我忘了把香籽蛋糕拿進屋裡，牠就會偷走蛋糕，接著我就不得不在泥濘的雪地尋找空籃子。現在只有椋鳥、紅翅黑鸝、燕八哥固定光顧餵鳥器。太蠢了！就算那隻可能懷孕了的巨大土撥鼠出現也於事無補！

然而，今天的空氣終於散發春天的氣息，中午的氣溫將達到攝氏二十一度左右，房屋的前方是最溫暖的地方，一排番紅花熬過暴雪，此刻正迎著太陽盛綻，其中許多是白色番紅花，也有紫色條紋的淡紫色番紅花，還有黃色番紅花。但是前陣子那場暴風雪過後，鏟雪機把壓實的大塊積雪堆在我十年前栽種的碩大粉紅玫瑰上頭，恐怕這次它眞的完蛋了；去年它瀕臨死亡，但後來活了下來。

這是讓人興奮的一天，因爲一位評論家要來與我聊聊。一想到這種事是第一次發生，不禁笑了出來。等了許久，等著教授與專家的注意；這段時間裡，每天都懸著一顆心，心神不寧；劇烈變化即將發生，大門打開了，守護天使出現。在納爾森鎮的時間也許有限了，我感到釋然；在這裡孤獨掙扎了很久，是時候有新的開始了。如果要離開，那大概是一年內，屆時我將住在海邊……眞奇怪，米萊的詩句近來一直縈繞在我的心頭！

4月13日

雪融了，可以看到門前草坪縱橫交錯的鼴鼠坑道，那些坑道眞是非常嚇人。不過，昨天是春天來臨的第一天，空氣溫和，眞讓人振奮！我甚至拿了一支舊掃帚清掃草坪上的碎石（鏟雪機把車道的砂礫噴到花圃與草坪上），然而，整頓之前，一股疲倦感隨著春天的慵懶而來，還有傷感，因爲今年春天我將很難見到X。有時我待在這棟房子似乎無所事事，只等著不會來或是不能來的人。

卡蘿・海布倫昨天從哥倫比亞抵達這裡，她認爲我的作品最出色、最新鮮的地方是談隱居，這並未讓我感到開心。昨晚我痛哭流涕，彷彿監獄的門關上了，當然這只是一種情緒。隱居是我的生活，我選擇了它，最好還是持續，盡可能從絕望中創造最大的價值。

昨天《紐約時報》刊登這一段文字，選自法國作家瓦樂希（P. Valéry）的《歷史與政客》（*Histtory and Politics*）譯本：

一個新社會在我們的眼前形成，這是一個更寬廣的基督教世界；比起中世紀的基督教世界，這個塵世的宗教觀念更薄弱；比起我們祖先的「人情味」，這個新社會比較缺乏情感，也比較不深奧。它並非以「來世」爲基礎，而是著眼於此時此刻，它並非從感情與意見汲取力量，而是從事實和必要性得到力量。它的領土僅限於這個人間，它的組成部分是人類、種族、國家，它具有創造力的道德力量是文化，它具有創造力的自然力量是區域與氣候，理智是它的指南，對於次序的直覺是它的信念，也就是說，「上帝並不瘋狂」

是相對謙遜的教義。

趁著春意盎然，我決定帶卡蘿參觀華納家的「快樂動物農場」。我很久沒來這裡，因爲擔心在泥濘季節被困住，冬天不常發生這樣的事。但是對我來說，拜訪這座農場一向就像回家，因爲這個大家族的女主人葛蕾絲是我在納爾森鎮的好朋友，也是因爲某年夏天我借用的驢子「愛絲梅拉達」在這裡，我一定要摟住牠，撫摸牠柔軟的長耳朵與柔軟光滑的鼻子，把糖塊一塊一塊遞給牠，讓牠嘎吱嘎吱地咀嚼。

經過一個冬天，這座農場看起來比以往更脆弱，彷彿陷入地裡。它佇立於山頂，孩子的房子散布在下方的池塘附近，農場後面是高聳的牛舍。從前旁邊有一棵高大的榆樹，但去年他們不得不將它砍了。當你抬頭仰望，會想著究竟少了什麼東西，想著那個空蕩蕩的空間應該有什麼東西。

農莊附近總是停了四、五輛車，我在這些車子的後面停了下來。一隻狗兒不停吠叫，馬車下方的一隻貓咪打著盹。一時之間，站在那裡，不知道下一步做什麼，接著葛蕾絲・華納的孫女葛雷西跑出來迎接我們，自從柏利・柯爾離開後，葛雷西一直負責照顧我的花園。葛蕾絲也出來迎接我們，她背駝得又更嚴重了些，看起來也比以往蒼白憔悴，我把她介紹給卡蘿認識。

過去這些年，帶了許多朋友拜訪這裡，就像帶他們到一處遺落在山頭的祕密寶地，因為這樣的農場已不多了，很難在別的地方看到。葛雷西看起來十七歲左右，事實上她一定是二十多歲了，她有著苗條纖細的身材，長髮披肩，還有著與祖母一樣的藍色眼睛。這個家庭的每位成員都熱愛動物與孩子，但葛蕾西在農場雜務之外，還騰出時間飼養無數寵物並照顧牠們，正是她帶領我們參觀一個接著一個的小木棚或是附屬的建築物。這些小木棚像魔術箱，打開後就出現一些可愛的動物。

我們首先走進了牛舍，它屬於巴德的管轄範圍，巴德是葛蕾絲・華納的長子，他與妹妹海倫一起經營農場，每年秋天他都帶著高大的馬兒到我的田地裡割草。此時牛隻都在屋外，但我們聞到一種阿摩尼亞的甜味；我們搔著三隻黑白相間的鈍鼻小花牛的額頭，牠們被拴在柱子上。這個農場的動物從未感到畏懼，牠們已習慣溫柔細心的照顧。

接著，我們去拜訪更多魔術箱。首先是一個小棚子，卡蘿不得不獨自進去，因爲棚子太小，一次容不下兩個人……右邊是一隻年紀很大的老羊，還有兩隻雙目圓睜的山羊用力咀嚼著碎乾草……後面是一排天竺鼠籠子。接下來我們去了一間小馬廄，繞過兩匹有著肥臀的小馬，來到親愛的愛絲梅拉達面前，我忘了帶糖，幸好在車裡找到一些大塊的薄荷糖，愛絲梅拉達安靜地嚼著，牠的大頭轉向我，那雙宛如葛麗泰·嘉寶的眼睛與長長的睫毛再度讓我感動，我很高興看到老朋友安然無恙。葛雷西告訴我，愛絲梅拉達的關節炎好多了，被牽到戶外，可以踢起後腳跟。牠是我在納爾森鎭的私人神話其中一章，我借用牠冒險，讓我走出那段悲慘時光，當時牠瘸得厲害，幾乎無法行走，我試著治好牠，結果極爲成功。我們爲牠注射可體松，再爲牠修剪蹄子（驢的蹄子不釘蹄鐵，牠們的蹄子像人的手指甲一樣生長，必須定期修剪），我們不僅讓牠再度能夠行走，還能奔跑，每天下午四點牽牠回馬廄過夜時，牠都會蹦蹦跳跳。到了夏末，愛絲梅拉達與我又變成快樂的生物了。

我和葛蕾絲聊著今年冬天的消息，葛雷西與卡蘿去看銀色的雌珠雞與白鴨（聽葛雷西說一隻貂溜了進來，弄死她一半的鴨子）。我們在兔子過冬的地方趕上她們，卡蘿的懷裡抱著一隻大白兔，兔子與驢子這些長耳朵動物確實有其特殊魅力，不是嗎？葛雷西的一些大兔子有著黑色鼻子與黑色尖耳朵，還有一隻全身黑色的鴨子，這些兔子眞是美麗。接著我們看到一群母矮雞、快活的小公雞、番鴨，最後我們到田裡看獨佔此地的小豬。接著，返回山頂，來到馬廄，黑暗的馬廄裡堆滿乾草，起初幾乎無法辨清那兩匹巨大耕馬的高聳臀部，牠們是巴德的驕傲。葛雷西的兩匹小馬目前也在這間馬廄裡，但讓人屏息的是那兩匹耕馬，牠們很高大，在黑暗中顯得聳然，每次見到牠們，都對人類竟能馴服牠們爲己所用而感到驚奇，因爲牠們看起來就像神祇一樣。

我覺得農場之旅鞏固了我與卡蘿的友誼，我們默默地共享了一些事並樂在其中。回家的路上，我告訴她更多關於華納家的事情，包括他們極爲勤奮地工作，以及我們十分依賴他們。葛雷西的母親朵莉絲開著校車，照顧長居此地的三位老婦人，爲她們打掃，她的精力與關愛讓每個人都感到振奮。如果冬天某輛車無法發動，她就會出現說道：「如果妳需要協助，無論白天或黑夜，隨時打電話給我。」此外，葛雷西是我見過最勤奮敏捷的人，我在花園裡一星期才能做完的事，她只要一天就完成了，工作時專心致志，心情愉快。她與我的朋友一直保持聯絡，我外出時，這些朋友就住在我的家裡，她的生活也因此從山頂的農場遍及荷蘭、舊金山、衛斯理學院、林菲爾德。

4月14日

最近我有點分身乏術，因此焦慮不安，一顆心懸在半空中。爲了平靜下來，我抄寫巴茲爾・德・塞林科特[28]寫於一九五四年十二月十九號關於女詩人的一封信。我在思索卡蘿前幾天說的話時，找了這封信來看。

妳詢問我對女性詩作（如果眞有這樣的創作！）的看法。有幾年時間，我想編一本女性詩選集，現在已有幾位詩人這麼做了。我的直覺是如果女性寫詩有什麼必要的事，那就是女人應該默默瞭解她們的詩是創作的主幹，男人與男人的心靈是分支，就像閃射的火花，而女人位在中樞，「安靜然後明瞭」。一個人無疑必須允許詩與其他藝術採用衍生的素材，這種素材受到心靈的個別分析，這是男性的心血。然而，完整、獨創、持續的創造過程是由內而外，只有女人才具備這個地位及力量，如果她有信心與耐心，她會成功發揮效果，就算是運用男性創造的語言與其他的人為表達模式。如果女人創

28 巴茲爾・德・塞林科特（Basil de Selincourt）是英國作家。

作的詩目前顯得怪異或過度強調的話，那一定是因爲她感到壓力，覺得自己有缺陷，無法成功。如果女詩人瞭解自己屬於心靈中樞，這一切都會消失，從這個認知與其產生的洞見湧現的思想及文字，勢必有一種切中要旨的特質。

卡蘿認爲我希望我小說裡的女性人物表現或符合佛洛伊德學說的觀點，認爲我下意識地想把女性角色套進規定的道德觀（就像我那一代的其他人一樣），甚至在《歲月之橋》（*The Bridge oh Years*）裡，我對梅蘭妮這個角色的刻畫也是如此（這是卡蘿的看法），對她的事業敘述不多，而且她「屈服」於丈夫。卡蘿還認爲，小說裡丈夫的哲思比梅蘭妮的工作還「實際」。這讓我非常驚訝！難道卡蘿希望我塑造（像她一樣？）養育三個孩子、婚姻幸福美滿、還是傑出教授的女性形象嗎？然而，她告訴我，她的三個已婚朋友（她們都有了孩子）都因爲覺得生活走入絕境，不再感到自己有用或是被需要而自殺了。這個自殺數字讓人震驚，讓我不得不思索。

後來聊天時，我問她如何應付這一切？顯然學生經常問她爲了這樣的生活付出什麼代價，她總是這樣回答：「付出了一切。」但在我們衰敗的美國文明社會裡，鮮少有人願意付出一切代價，包括花園、孩子、幸福婚姻、藝術作品，他們對於自己付出的微小代價感到憤恨不已。我覺得卡蘿格外冷靜沉著、有見識、幽默風趣，但絕非無情，她似乎與衆不同！

卡蘿離開後，我找到答應要看的五十頁手稿，作者是一位想申請研究基金的四十多歲女性，這是讓我感到焦躁的原因之一。這位女性作畫、寫詩、創作短篇小說，尚未意識達到「出類拔萃」得付出的代價。我是懷著謙遜的心說出這些話，因爲我仍爲卡蘿指出我作品裡的陳腔濫調感到挫折。的確，艾莉諾・布萊爾敏銳的編輯眼光對我後來的作品甚爲有益，卡蘿承認《種夢根深》就沒有這些錯誤。

讀了手稿後，打電話把看法告訴對方，這樣至少省下寫信的工夫。但是，我眞正需要的是坐下來，思索那天與卡蘿富有建設性的對話，而不是再次「接收」

與回應別人的經驗。恐怕我生命裡這個難以解決的問題將變成這本日記的主題了，夠了！

卡蘿一定會激烈反對巴茲爾的宣言，尤其是反對他堅持賦予女人一種被動角色，那句「安靜然後明瞭」，這一點我與她看法一致。原本被撇在一邊的觀點讓我最近感到振奮，這些觀點就是每位藝術家都是雌雄同體，亦即女人身上有著男性特質，富有創造的男人身上有女性特質，我對此向來深信不疑。不過，卡蘿告訴我一個新鮮的概念，她說我們應該把所有人類放在一個範圍，其中一端是極端的男性特質，另一端是極端的女性特質，然後依等級向中心移動。我也贊同過度的女性特質與過度的男性特質可能偏離這個範圍，那些具有偉大的創造力、力量、理解力的人接近這個範圍的中央。如果我們不去煩惱這些比例，每個人從自己的中心出發（不論處在這個範圍的哪一處），我們顯然會自由愉快得多。

4月21日

生活裡的事接踵而來，我持續獨居，然後一連串的事情發生，幾乎沒有喘息的時間。葛雷西・華納耙除潮濕草坪上的碎石，試著讓草坪變得整潔。有她在此真讓人感到寬慰，她總是非常快樂，是我見過做事最有效率的人。看著她在外頭忙碌，於是下定決心要更努力工作。空氣裡終於瀰漫著春意，或者更確切地說，「地面瀰漫著春意」。春意盎然已有一段時間，花圃上的雪幾乎都消失了，我逐漸移開雲杉樹枝，大門前一朵黃水仙花盛開，但是上星期離開這裡，迎著漫天的白色暴風雪南下度週末時，我感到**憤怒**！今早的氣溫只有攝氏四度左右。

此刻許多不重要的事滲入我的生活，但在這些事情中，始終有一條縫隙讓我持續思索，這是因爲卡蘿提出了重要問題，那就是我生活中的激情該不該持續。我在《一粒芥菜種子》裡壓抑了所有的愛情詩，因此覺得那是一本刪節的書。先前我一向希望在詩裡反映自己的各個面向，包括衝突、愛情、憤怒、政治焦慮

〈最後一點我總是被擊敗，很早以前是被康拉德・艾肯〔Conrad Aiken〕，後來是被露薏絲・博根。雄辯的詩——政治詩必然屬於這種詩——已經過時〉。然而，自從《種夢根深》一書出版後，我覺得自己的虛假形象——一個「超然」的睿智老者形象正在形成，我認爲卡蘿會很失望**沒**發現那個想像中的人，她發現的我比她想像中的我更爲脆弱、混亂、不完美。她寫給我的一封信裡，引用我〈愛侶的離婚〉（Divorce of Lovers）十四行詩組詩的最後幾節，言外之意是一個人未能放棄個人生活是退化現象，但我認爲這荒唐可笑，表明**她**需要這樣的人，而不是**我**需要成爲這樣的人。她在信件的結尾寫道：「做人並不意味著中庸。然而，如果一個人必須透過極端來認識中庸，正如我相信布萊克與其他人是這樣，那麼或許中庸是**踏實**生活的最終報酬，我們選擇中庸不是因爲畏懼，而是因爲睿智。」

我認爲詩人的工作不在於成爲權威大師，而是寫詩；爲了寫詩，詩人必須保持坦率與脆弱。每一種關係都能讓我們成長，但最重要的是，一段「需要完整自我」的關係更能讓我們成長；如果一個人隨便做出「閉上心門」的決定，那實在是自負虛假。

問題在於保持平衡，不摔得粉碎。為了保持平衡，露薏絲・博根晚年時不再寫詩，或者說幾乎不再寫詩。我敢說，其中一個原因是評論家需要的超然（尤其是他專心分析他人作品），與詩人及其詩作需要的超然正好相反。我們接受經驗帶來的**衝擊**，從最深層的意義來說，我們允許這種衝擊發生，然後我們才得以變得超然。我們藉由寫詩來檢視經驗而達到超然，但這是針對激情的評論看法，與卡蘿的「中庸」完全無關。

如果我得戴著《種夢根深》在讀者心中創造的那種虛構人物的面具，那麼我就永遠是神話，不會成長，不會丟掉那張舊皮而換一張新臉。我思考著這一切，因為過去十天以來，仔細思考著生活的劇烈轉變；有些人希望把我視為「山裡的人」，認為我將一輩子安於隱居，這個轉變將讓他們感到憂慮，甚至引起他們的不安。

幾天前，兩位朋友造訪這裡，其中一位是畫家貝芙麗・哈倫（Beverly Hallam)。我得知他們在緬因州買的房子要出租，那裡有著綿延的原始森林、岩石海岸、伸展到海邊的草地，就像在康沃爾一樣（眞是美好的夢），在人口稠密的緬因州沿海地帶，這眞是讓人驚奇的「發現」。他們將在岩石上蓋一棟現代住宅，然後把「舊屋」租給我。昨天我去看了這間房子，想像自己住在裡面，覺得自己有些笨拙。這間房子比我在納爾森鎭的房子大多了，但是沒有納爾森的特色……我猜它建於一九二〇年代，堅固而舒適，擁有絕美的景致，屋外的金色草地一直延伸到大海。我在屋子裡走來走去，想找出一個寫作的舒適空間，這正是我在思考的事，不過我想三樓那間裝有護牆板的房間或許適合。喔，那片大海，「大海，大海，永遠在重新開始！」

是做出改變的時候了。一想到這件事，就感到心情愉快：住在海邊，聽著海浪的節奏，長久以來的夢想實現了，因爲當初尋覓一棟房子，最後來到納爾森鎭時，我首先看的是海。我還有兩年才會搬家，這段時間，我可以感受並思索住在那裡的事：那裡有「現成」的花園，比起我在納爾森鎭的花園，那個花園更容易整理，也設計得更好，還可以開闢小型「綠色溫室」，有一塊可採摘的園地已挖好就緒，許多爬藤玫瑰順著籬笆生長，還有鐵線蓮（甚至有一朵白的），低處露台種著球莖與多年生植物，一株老紫藤沿著屋前攀爬。那個地方井然有序，又擁有延伸至大海的廣闊田野。

整片寬敞的土地有著讓人難以置信的豐富變化，甚至還有一處沼澤（野鳥在此棲息）、一片鵝卵石海灘、巨大岩石。這是緬因州的典型土地……美麗而原始。

4月28日

昨晚結了霜。今天早晨往外看著**白茫茫**的田野、一片霜白，不由得感到厭倦。春天眞的會來臨嗎？

5月6日

這本日記中斷許久，因爲每天都有訪客，沒有一天獨處，沒有一天有屬於自己的空閒。我發現每當有約會，就算是在下午，整個美好的時間都變了，我感覺負荷過重，沒有空間容納潛意識湧出的東西；當一天被切得零碎，那些夢境與概念只能潛居在深深的靜水裡，完全被淹沒。不過，我最近也經歷了另一種支離破碎，從內心到外在都是。自從四月二十八日疑惑春天會不會來臨，這段時間始終寒冷多雨，天空黑暗陰霾，毫無光亮。昨天終於見到藍天，幾乎讓人難以置信。這裡只有小鳥啁啾著春天，包括白喉帶雀與我在清晨聽到叫聲的可愛紫雀；然而，草慢慢轉綠，今天在花園散步時，算了一算，竟有十到十二種的水仙花終於綻放，藍色的常春花也在開花，花園此刻完全是一片藍黃，還有鮮豔的綿棗兒與眞正安基利軻[29]風格的藍色小花，也許是雪星花？樹木的葉子尚未長出，僅樹枝變得稍粗。

一天要出去六次拿槍射土撥鼠（我只想嚇跑牠，不希望傷害牠），牠把蜀葵初生的嫩葉吃掉了。好幾個晚上眞是熱鬧非凡，因爲每到凌晨一點左右，後門廊就傳來轟隆的碰撞聲，一隻浣熊在柴堆旁猛撞，尋找上方餵鳥器掉落的板油碎屑。我打開燈時，牠並不害怕；前天晚上，牠來到窗邊，爪子靠著窗戶，用嚴厲的眼神盯著我，彷彿在說：「妳在這裡做什麼？」這個星期，茱蒂與貓咪住在這裡，某個晚上土撥鼠從貓門鑽了進來，拖走門邊的所有貓食盒。最後我起身下床，推了一個沉重的桶子擋住貓門，因此昨晚睡得很好，是長久以來的第一次，良好的睡眠對開始新的一天確實很重要。

29 安基利軻（Fra Angelico）是義大利文藝復興初期的畫家，他經常使用藍色來表達聖母及地位崇高的聖人與聖女。

昨天送茱蒂回家，六月她與貓咪還會過來住一星期，屆時她回去前會把貓咪留給我。這些貓咪在冬天與夏天各有一間住處，各個住處都有一位女管家，牠們眞是被寵壞了。過去這一週，醒來時身邊有隻喵喵叫的動物，這種滋味很愉快。史克拉博每晚都與我在一起，法茲巴茲與茱蒂一起待在樓上，這對斑紋姐妹還是小貓的時候，就各自獨立生活，很愛吃醋。如果史克拉博在我的床上，法茲巴茲就不進房間，就算一大早餓了也一樣，牠會坐在門口，偶爾發出命令的喵叫聲。

我在五十九歲生日收到許多信件與鮮花，星期天邀請了五位朋友到家裡享用香檳與三明治。然而，那天與星期一整天都在下雨，我的情緒低落。其實情緒低落的原因一如過去：我總是不會做人，對親愛的茱蒂不耐煩，這些日子她的記憶力衰退。榮格對這種必要的折磨的看法一向讓我獲益匪淺，親密的人際關係並未認識到這件事，有時我很納悶究竟出了什麼問題。我們擔心煩惱與改變，害怕揭露，恐懼談論內心的痛苦。痛苦經常給人失敗的感覺，但它其實是通往成長的大門；無論你幾歲，成長總是讓人感到痛苦。榮格說：「一個人有情結並不表示此人有精神官能症，因爲情結是心理活動的正常焦點，情結讓人感到痛苦並不證明那是病態的精神失調。痛苦並非疾病，它與快樂正好相反。只有當我們認爲自己沒有情結，那樣的情結才是病態。」

或許一段關係惡化到相互指責時，成長的機會被埋藏了，「免得惹麻煩」。比起以往。今年我更能瞭解榮格說的「讓『黑暗』進入」與「陰影」：

陰影是一條狹窄的通道與一扇窄門，任何走下深井的人都無法幸免於受到壓迫的痛苦感受。然而，一個人要認清自己，就必須先學會瞭解自我。因爲走出門外的世界是讓人驚訝的無邊廣闊、前所未有的不確定，這個世界顯然不分裡外、不分上下、不分彼此、不分你我、不分好壞。那是一片汪洋世界，所有生命都在漂浮，而交感神經的領域、萬物的靈魂在那裡開始，那裡的我既是此也是彼，不可分割；我在自身感受了他人的感受，他人也感受了我的感受。

我們很害怕承認自己的錯誤與缺點，然而當我們能予以承認，光明方能像寬恕一樣出現（我再次重讀芙蘭納莉・歐康納的那段文字，我在發火後、陷入絕望時，那段文字經常讓我感到挫折，那是一種慈悲）。因爲我到過地獄，那個自我憎恨的地獄、與我所愛的人交戰的地獄，所以我覺得自己重獲新生，回到自我原諒的天堂，同時原諒了對方。如果我們願意面對，會發現眞相在我們的爭執中被隱藏了，而它原本可以顯現出來。

好幾星期、好幾個月以來，我一直說服自己保持徒勞無功的虛假平靜**包容**對方。然而，如果這其中有深沉的愛，那麼就有深沉的責任。我們不能不吵架，吵架讓我們成長並相互理解，即使它讓人感到痛苦，也必定如此。害怕痛苦與害怕引起痛苦無疑都是罪孽。無論如何，我感到又做回自己了，並已爲接下來幾星期要處理的許多事情做好了準備，包括五月三十號的畢業演講。

是做出改變的時候了，我用里爾克的詩〈致奥菲斯的十四行詩〉（Sonnets to Orpheus）的其中一行對自己說：「期待變化，彷彿你已將它拋在腦後。」這些日子以來，納爾森鎮變得非常明亮眞實，我逐漸下定決心要離開它。

5月7日

天空終於變得蔚藍，但是昨晚再度結霜！

昨天我沒時間記下收到的美好生日禮物。安妮．伍德森今天要來吃午餐，今天是我接下來一段時間裡唯一的「空閒日」。星期三，我從劍橋鎮歸來，走進充滿驚喜的屋子：一盆倒掛金鐘、兩盆美得讓人驚嘆的玫瑰花、一小袋無敵美味的巧克力布朗尼，那是南西做的（她十一歲），還有安妮留的便條，上面說她把這一天的時間留給我（她特意在我外出時過來這裡），這是她留給我的一天。我腦中醞釀著兩首詩，所以最好開始工作了。

葛雷西正在花園裡耙理藍鈴花上的落葉，播下草的種子。如果一切順利，下午我將從事今年春天的第一次種植。

5月9日

那美好的一天過後（我眞的寫了一首詩，並勾勒了第二首），老天就討人厭地持續下著雨。黃水仙花再次被雨水打得垂頭喪氣，但屋內放了美麗動人、散發甜美香氣的橘色鸚鵡鬱金香，以及我在生日那天收到的白色玫瑰花。因此，儘管我露出哀傷的眼神（看到外面遭蹂躪的花園），但是鼻子極爲愉悅地聞著這些甜美香氣。

我的哭泣能力眞的變成可笑的苦惱，什麼藥物能抑制眼淚？今天上午，寫了幾封「眞正」的信，這裡的「眞正」與「盡責」的意思相反，它總是讓我瞭解自己的處境，此刻內心世界是一片荒涼高原。但是我們需要的只是接受現實，以求得到屹立的基礎。起床時，每吸一口氣再呼出，都帶著疼痛，那是精神的痛苦，那種痛苦鑽心刺骨，讓我一時之間無法動彈，只能試著呼吸。最後換上乾淨的床單，餵了鳥兒，當然也餵了潘奇與那對貪吃的橘色貓咪，牠們過來，透過廚房的窗戶瞪著我。我確實渴望有隻可愛忠心的動物（牠們不是）。等到那些小貓回到這裡過夏天，那就太棒了！

現在我感到更堅定了一些。我的心總是回到同樣的需求：走得夠深就會碰到眞理的基石，無論它多麼堅硬。我似乎「註定」孤獨，任何幸福的希望都與我無緣。我太老了，無法再獲得幸福的訣竅？也許太老了，不能再接納另一個人永遠分享我的生活？果眞如此，我就必須利用目前擁有的東西撐下去……我擁有的是許多朋友與對大自然的熱愛，並非一無所有！

5月15日

現在**正是**時候。雖然整天都在颳強風、下大雨，但是各種水仙花開得極美，小朵的亮紅色鬱金香也很美妙。現在**正是**時候，因爲樹上的葉子尚未發芽，因此陽光與藍天透過羽毛般的初生細枝照耀，輪廓仍清晰可見，形成彩繪玻璃的效果。昨天看見一隻蜂鳥，一群紫雀和金翅雀圍著餵鳥器，還聽到黃鸝歌唱，牠在高處啄食楓樹的花，雖然沒見到牠。昨天葛雷西首次修剪這裡的草坪，最近幾天，我種了六片玫瑰叢與大約二百多種小植物，包括牽牛花、夢幻草、魯冰花等，這個嚴冬殘害了許多植物，這些可以代替它們。五月一日以來，碰到兩次強烈的寒霜，我擔心杜鵑花會枯萎。

除了十月以外，這個月份是此地一年中最美好的時刻，我很氣自己在這個時候不得不東奔西跑，卻也只能如此。我剛從維吉尼亞州里奇蒙市回來，在那裡待了兩天，參加米勒與羅茲爲作家「舉辦」的活動。我爲衣著感到極爲緊張。整個場面的氣氛讓我困惑……我永遠無法在這種活動裡感到自在。活動辦得很成功，但是我回到家後卻惴惴不安，悶悶不樂。爲什麼我對參與書籍銷售感到如此不悅？我這樣的作家如何在這個龐大體系中生存？我親眼目睹這個龐大體系的運作，儘管觀察的時間很短，這個經驗卻讓我驚慌。

這次活動唯一的可取之處，是我與其中兩位參加的作家立刻成爲朋友：其中一位是布萊恩（C.D.B. Bryan），他有著我在倫敦見過的英國年輕人的魅力，優雅好看、坦率風趣、舉止文雅。另一位是愛爾蘭人湯瑪斯・弗萊明（Thomas Fleming），他熱情洋溢、剛強敏感。他們讓我耳目一新。

然而，正如我與泰德・韋克斯（Ted Weeks）分別時他提醒我的一樣，一個人面對大量的「坦露」，兩天後就會疲倦，這兩天以來我累得要命。

5月16日

今天是陰天……然而，奇怪的是陰天讓屋內一束束黃水仙花顯得格外燦美，散發出一種白光。早上我在床上，一眼望見那個大房間裡的一束黃水仙花，它插在荷蘭老式藍白藥罐裡，鮮豔奪目。還不到七點，我穿著睡衣走到門外，因爲看起來快下雨了，把各種花卉都摘了一枝，共有二十五個品種。早起很値得，因爲看見的第一樣東西竟然是幾英尺以外、棲在紫丁香花叢上的一隻猩紅比藍雀，畫面眞是讓人驚嘆！沒有別的紅色能紅得如此鮮豔，沒有別的黑色能黑得如此徹底。

5月20日

熱浪襲來，昨天下午的氣溫達到攝氏三十二度，這個溫度眞是有害，因爲一天前，黃水仙花仍嬌嫩新鮮，此時經歷炎熱的摧殘，逐漸凋謝。目前花園相當美妙，再過兩、三天，樹葉就會冒出來，起初是一眼就看透的薄薄一層，接著逐漸增長爲厚厚一層。住處下方的小山將被遮住，等到秋天，我才能再看到它們。樹上的花仍在綻放，是觀鳥的最好時刻，黃鸝高棲在楓樹上，啄食著樹花，每隔幾分鐘就發出清脆的鳴叫。我看過黃鸝，但總是面朝陽光，因而從未好好欣賞牠帶著赤金色的翅膀。昨天傍晚，在前廊坐了半小時，陶醉在眼前的美妙色彩，草地盡頭的樹木呈現柔和的紅色與淡淡的綠色……燕子在穀倉飛進飛出……一隻歌帶雀正在洋槐樹上唱著晚歌。

這看起來就像內華達州。穀倉旁那株被五月底綻放的花朵覆蓋、近八英尺高的白玫瑰死了。

目前花園裡的珍寶都很微小：圍繞著莢蒾的是一小片藍色白頭翁[30]，相當美麗；連翹下方的貝母花有著奇異的格紋鈴形花朵，十分嬌豔；雪片蓮有著碩大的白色鈴形花朵，每片花瓣都綴著一個小綠點（好像兒童筆下想像中的花朵），此時正盛綻；白色的紫羅蘭也開花了，花的喉部有纖細的藍色條紋。令人憤怒的是，這段日子我不得不外出。這些變化來得如此迅速，我好想待在**這裡**。

30 這裡的白頭翁（wood anemone）指的是花，不是鳥類。

5月25日

這些日子以來，季節變幻多端，反覆無常，惹人發狂，就像我一樣，被太多要求與約會弄得快要窒息，已經很久沒體會到心目中「眞正」的生活了。自從五天前寫了日記開始，氣溫一路下降到了攝氏零下七度左右，但是無論如何，大多數植物還活著，鐵線蓮此刻很嬌弱，有一晚我用麻布袋裹住了它。

一陣寒流後是連續幾天的強風與烈日，天空燦爛耀眼，陽光穿過樹葉，形成斑駁的光影，一切都在變動中。此刻蘇格蘭式的霧靄瀰漫，看起來要下雨了，這眞是及時雨。昨天我設法種下所有一年生的植物種子，而且還種了幾盒菸草、歐芹、一些夢幻草，又多種了一些三色菫，工作期間還不斷揮趕在臉部附近飛舞的一群蚊蚋。做完這些工作，感覺鬆了口氣，這是春天最辛苦的差事。隨著春意漸濃，我可以有一段時間來欣賞花園。黃水仙花幾乎枯死，但鬱金香與荷包牡丹已然綻放。

穀倉下面有五隻幼土撥鼠，這眞是大災難，儘管牠們很可愛，就像玩具小熊。當然，牠們吃掉了蜀葵，但是我比過去更冷靜接受這些災難，我想我正在學習不要放在心上，學著不要介意失敗。花園每天都在生長變化，那意味著失去，也意味著新的珍寶持續出現，彌補了一些災難。今年的藍色三色堇美得驚人，藍色是花園中最讓人興奮的顏色，此時此刻，花園裡的藍色比比皆是，包括維吉尼亞藍鈴花、串鈴花、藍色報春花、白頭翁。不久後，小樹林裡的藍鈴花與野生的天藍繡球也將四處綻放。

安妮．伍德森即將過來吃午餐，想到她會專注地瞧著這一切，就感到愉快。

我一直渴望能與一個人分享一切，然而，我慢慢接受這件事永遠不可能發生，把注意力長久放在別的地方比較好，我想我得將它放在工作中；或許這個月感到閒散，因爲目前並未投入任何重要的工作，那種工作會迫使我把不重要的責任與要求放在一邊，無論碰到什麼困難，都會繼續做下去。

5月28日

有時我會收到不知從哪裡寄來的美好禮物，昨天我出乎意料地收到不知名人士寄來的一本書，那是美國心理學家克拉克·穆斯特克斯（Clark E. Moustakas）寫的《孤獨》（*Loneliness*）。打開書，看到這段文字：「我開始明白孤獨不好也不壞，孤獨只是強烈且永久自我意識的一個特點、一個開啓全新感受及意識的起點，結果導致一個人從根本意義出發，深刻瞭解自己的存在與別人的存在。」

這些日子以來，我過著混亂的生活。幼土撥鼠在花園狼呑虎嚥，但牠們非常快樂，我怎麼忍心殺死牠們？每天凌晨一點左右，那隻浣熊會四處亂扔廚房外頭門廊上的木柴，製造出讓人不安的噪音，吵醒了我。打開燈時，那隻浣熊會用冷淡的好奇眼神看著我，然後緩緩沿著柱子爬到屋頂上，但幾分鐘後，又爬了下來，一切又重新開始。昨天晚上我放棄了，任牠爲所欲爲。穀倉裡的三隻貓每天過來朝我喵喵哀叫五次，我軟弱地投降，餵了牠們。我不喜歡那兩隻橘色公貓，但整個冬天一直照顧、真心喜愛的母虎斑貓竟然懷孕了！

此外，潘奇的左眼腫得厲害，我擔心那隻眼會瞎掉。等到下兩場演講結束後（一場是新英格蘭學院的週日畢業演講），一定要帶牠去看獸醫。牠不再高亢鳴叫了，可憐的東西，鳥類非常勇敢！記得英國作家勞倫斯（D.H. Lawrence）在一首詩說過，牠們「永不為自己感到難過」。潘奇仍用親暱的聲音跟我說話，但牠不在清晨發出快樂的叫聲了。

這些讓人憂慮的事纏著我不放，但這不是我說的**混亂**，混亂就像阻滯流水的淤泥，阻礙心靈的自由流動。昨天我在基恩市花了四小時請人檢查車子，換了兩個新輪胎，還買了幾件夏天的上衣。堆積如山的信件實在很可怕，所以書桌上一大堆雜亂的東西等著我答覆，最終讓我飽受折磨的不是痛苦（因為痛苦至少對靈魂有所要求），而是日常生活。

戀愛關係的巨大價值無疑在於它焚燒混亂像焚燒垃圾一樣。X 和我最初相識時，生活是一首長長的讚美詩，除此之外，再無其他。我正在修改這些詩，所以很清楚X走進我的生命的最初幾星期與我們目前關係之間的差異。現在的我們需要的是包容與耐心，設法縮小我們個性與氣質上的分野，甚至價值觀的不同……以及減少我們生活型態的差距。X放下工作一星期，可以完全丟開工作，但是我永遠無法對我的工作置之不理。如果我丟下工作不管，那就意味著感覺與分析的終止，意味著感知能力的終止，而我和X在一起時，我並沒有變得遲鈍。英國詩人詹姆斯・柯卡普（James Kirkup）在他的詩作〈詩人〉（The Poet）中說得極好：

> 他生活的每個片刻都在完成任務，一刻不得閒，
> 他看似無所事事時，其實工作得最辛苦。
> 任務最基本的部分，
> 就是寫出那些通常沒有紀錄也不曾說出的內容，
> 還有他人通常希望留著不說的話。

留著不說是因爲眞的無法言說，
那就是他必須用一般語言設法表達的內容。

如果他透過才華與機遇，
能夠表達難以言說的一切，
那麼它必須像呼吸一樣自然，
又必須帶來啓發。他必須離開，
他的奇蹟讓他與世隔絕，讓他益發孤獨，
他走在奇特的道路上，逍遙的溫柔瘋子，
走在暴躁又理智的人群裡。

當我沒時間分析自身經驗，就會感到混亂，這就是所謂的淤泥，亦即那些幾乎讓我的心靈窒息、未經探索的經驗。太多的人事物湧進這間房子，包括要求我閱讀及評論的書籍、手稿、信件，還有一位老朋友想知道我對一本日記的看法（看看那是否可以出版）等。**這**才是混亂，不是土撥鼠或浣熊！

6月4日

終於擺脫情緒的起伏不定，最後一場公開露面的活動結束了，我可以平靜一段時間。長久以來，今天是我第一次把工作放在第一位，優先於寫信，我此刻正在寫詩。

但是我必須談談其中一封信，這封信告訴我，愛默生．克洛克因爲腦腫瘤去世了。我深感悲傷，他有著罕見的仁慈之心，對待老人尤其體貼。他善良待人的方法極有創意，例如他帶著奶昔與三明治去探望親愛的老艾瑟爾，坐下來陪她一小時，兩人一起吃午餐，好好聊一聊，他是眞正的**紳士**。溫和仁慈在這個時代變得非常稀有，別人會對他多好呢？相較之下，我要舉個醜惡的例子：有位朋友準備參加第五十週年同學會，她在賓夕法尼亞車站排隊買票時，行李箱竟被偷了。我也要拿皇后大學的氣氛（前天我在那裡朗讀詩）與愛默生的仁慈做比較，那裡不僅每間辦公室要隨時上鎖，每張桌子的每個抽屜與文件櫃也都要鎖，書架上的貴重書籍也得留心看管！那裡的氣氛就像監獄一樣。當一位老婦人公開被搶劫，一間有著豐富知識可傳授給學生的學校必須防備學生，我們如何認爲人們的關係緊密切實可行？

我聽到年輕科學史家不停貶低喬治．薩頓[31]，我把他們說的話與愛默生一生的善良與受人尊敬做比較。當然喬治．薩頓有缺點，或許那是因爲他是十九世紀的人、而不是二十世紀的人，因此他永遠不會瞭解佛洛伊德。用現代的觀點來看，他也不是社會學家，他是傳統學派的歷史學家，但是處理那些受到忽視或只

31 喬治．薩頓（George Sarton）是作者梅．薩頓的父親，他是比利時的科學史家，他的巨著《科學史導論》（*Introduction to the History of Science*）總結了十五世紀前各門科學的發展歷程。

有零星記載的歷史。他的偉大之處無疑在於他用整體的眼光，視藝術、科學、宗教爲人類的偉大發明，因此正如他經常說的：透過檢視人類的科學史，讓科學變得更有人性。他喜歡強調實驗科學超越國界，強調每項科學突破奠基於許多投身科學的無名人士之成果，強調所謂最後的「天才」其實站在那些人的肩膀上。如此看來，年輕的科學是史家站在喬治・薩頓的肩膀上，然而，他無疑是父輩人物，必須受到壓制，或許唯有他成爲科學史的祖父輩人物時，才能有自己的地位。

來吧，讓我們嘲笑偉人，
他心事重重，
辛苦工作到深夜，
爲的是留下豐功偉業，
從沒想到那破壞一切的風。

來吧，讓我們譏笑智者，
他們瞪著痠痛的老眼，
盯著那些曆書，
他們從未見過四季流轉，
現在對著太陽張口結舌。

嘲笑那些嘲笑別人的人，
他們可能不願出手助人，
不願協助善人、智者、偉人，
不願出手把惡劣的風暴關在門外，
因爲我們互相嘲笑。[32]

32 這首詩的作者是葉慈。

葉慈說得完全正確。

6月12日

眞是不尋常的春天，六月竟然結霜！過去兩天的氣溫降到攝氏零度，但涼爽晴朗的天氣眞是好事。這也代表紫丁香花已綻放了兩星期，如今開始凋謝。那些淡紫色的紫丁香起初變成銀白色，後來變成讓人哀傷的褐色，而那些深紫色的美麗紫丁香花凋謝時變成淡紫色。不過，鬱金香何時曾開花開到這麼晚？大房間的花瓶裡仍有三枝鮮紅的鬱金香與白色的紫丁香花。今天早晨，我看著它們時，不禁想到花園裡鮮亮的紅色幾乎就像鮮亮的藍色一樣稀有。哎呀，牡丹花竟變得紅中帶紫。

我喜愛浣熊，然而我很氣那隻浣熊，牠每晚過來撞散柴堆、一小時後又猛撞垃圾桶。現在我得關上貓門，以免牠進來……也避免流浪貓進屋。目前這種貓有三隻，不同派系的貓狹路相逢時，少不了怒瞪對方，喵喵怒叫。我餵食這些流浪貓，但得衝出去將碟子藏在灌木叢下，這樣一來，那些愛吃醋的貓咪才不會生氣，我的貓咪覺得這裡就像餐館，而這個女服務生竟爲外面的顧客服務！

能再度按照預定計畫工作是好事。明年春天，諾頓出版社將出版新詩集慶祝我的六十歲生日，今年九月底之前，我一定得把手稿交給他們，只要有截稿期限，我的工作效率就會好上許多，如果沒有指定的交稿時間，我很難處理。

6月15日

白色牡丹花開了，它是如何撐過鏟雪機堆在它身上的大量白雪活了下來，在我面前展現巨大的奇蹟？我不停出去外頭看它，因爲我正在修改以白牡丹爲形象的一首詩。當然，修改詩作的問題在於它早已完成，關鍵的強烈情感減弱了。情緒激動時，靈感就是評價，這個早晨我幾乎絕望了。

困難之處在於同時表現出乾淨利落與流動感，就像光與影在花瓣上嬉戲一樣。詩的結構總是極爲清楚，一點也不模糊，但是效果非常流暢，絕對不死板，就像鳶尾花一樣。

這個星期是一年裡的大好時節，實在不想丟下花園去緬因州。正是鳶尾花與牡丹花綻放的時候，但是無疑這些日子以來，我確實幾近精疲力竭。如果一個人覺得愉快太奢侈，只歡迎黑夜與睡眠，那實在太糟了。今天上午我到九點過後才起床，足足睡了十小時（我把垃圾桶拿進屋裡，除了浣熊與貓咪之間的一場爭吵之外，整晚都很安靜）。一個人如何才可以好好休息？我正嘗試不要匆忙做事、不給自己壓力，一步一步來，這就像從深井裡往外爬。

6月21日

我和X共度週末，現在回來了。上星期五下午我離開時，知道群花盛開的時刻就要到了，卻沒預料到晚上九點前到家時會看到萬紫千紅的景象：牡丹大都開花了，典雅如天鵝，中間有著鮮紅花蕊；大部分的重瓣粉紅花朵也開了（我最不喜歡），鳶尾花開得到處都是，巨大的柵欄末端是一大片的紅色罌粟花、蝟實、一朵亮粉紅色的玫瑰。花園乾燥極了，我在清晨六點起床澆花，然後摘些花放在屋內。

但前一晚並不安靜，因為晚上十一點左右，那隻浣熊開始在外面四處亂撞，儘管我再度把垃圾桶拿進屋裡，但是這隻堅持不懈的聰明小動物鐵了心要從貓門鑽進來，打算偷走貓食盒子。後來可眞是熱鬧！我在門廊上放了一把椅子，上面堆滿木柴，看起來浣熊不可能推得動，但完全不是那麼回事！半小時後，我就聽到碰撞聲，出去打開門廊的燈，發現浣熊忙著拖動二十磅重的鳥食罐，這是捍衛貓門的最後一道堡壘，我朝牠大喊，牠狠狠瞪我一眼，我回屋子睡覺。這樣的情況大約重複了五次，每次我都加重阻擋的重量，全都徒勞無功。後來我拿出步槍朝牠射擊，牠被嚇跑了，但很快又跑回來。後來，我三度赤腳走出去，解下水管，用細小而猛烈的水柱噴著坐在門廊頂部的那隻浣熊。

我用重物把貓門的裡裡外外都擋住後，到了半夜兩點時，已筋疲力盡，一定是睡熟了。然而，今天早上起床後，浣熊竟成了勝利者！東西被扔得到處都是，幾盒貓食已從貓門裡被拖至外面，留在門廊上，貓食撒了出來，幾乎沒被吃過。我猜這場遊戲持續的原因是惡意與頑皮，不是飢餓！唯一的解決辦法就是用木板把貓門釘起來，永遠堵住它。

6月23日

這段日子實在發生了太多事。我怎麼可能充分意識到花園的花開花落竟是如此迅速？整整一年的辛苦勞動，期待白雪般的美麗牡丹盛開的時刻來臨，接著轉眼之間它們就凋謝了！今天早上躺在床上思索這件事，也思考蜜爾德蕾的睿智話語：「愛之根需要澆灌，否則它會死亡。」她離開時，這間屋子變得平靜，美麗與秩序又回來了，她總是留下一些安慰，像是上面那句話。因此，她在這裡的工作是藝術作品，清潔與整理的有形行爲暗藏神祕的儀式，因爲懷著愛意所做的一切永遠比事情本身更有意義，帶著天體秩序的特質。

我們花了整整一年的時間把三株碩大的白色牡丹與兩株淡藍色鳶尾花移進屋內，這件事如此費時並未讓我們感到驚訝或惱怒。我們付出長久的耐心與信心，才能換得繁花似錦，這個道理似乎十分正常與恰當（今年暮春，我多次擔心紫丁香會被凍死，不過最後它們開得像以往一樣燦爛），同樣地，它們無法開得長久也十分正常與恰當。然而，在人際關係中，當我們不得不等待時機成熟的燦爛時刻，就會大發雷霆……接著也**撐不久**。我們達到了巔峰，然後又不得不往下走。

也許「有耐心」是我們最不可能學會的事。我記得年邁失明的珍·多明尼克對我說過：「仍在等待。」當時我還不滿三十歲，她已是六十多歲，我想到如此年邁的人仍能熱烈等待著某人，不禁感到驚訝不已，但是現在我懂了，這樣的人一生都是如此。

7月7日

我與茱蒂一起前往格林斯島進行一年一度的旅行，拜訪安妮·索普，現在回來了。格林斯島長達三英里，面對沙漠山，正好位於西南港鎮對面的薩姆斯峽灣入海口。這座島嶼到處是高大的冷杉與雲杉，有著五顏六色的柔軟苔蘚與一塊塊種著藍莓的土地，一片長長的開闊草地延伸至鹹水池。我們來到這個不受時間限制的世界，沉浸在傳統裡。我們待在這裡一週左右，住在一棟有著許多房間與木瓦屋頂的房子裡，這棟房子是由安妮的父親在一八九〇年代建造的，住在裡面的我們被維多利亞時代的安全感與舒適感包圍。我們重溫了往日熟悉的樂事，包括坐在陽台上、望著安靜的帆船滑過薩姆斯峽灣，看著變幻多端的雲朵，凝視水面上與山丘上的陽光與影子，撿貽貝或摘藍莓當晚餐，紮著一束束野花，尋找小樹及青苔、爲回家後修建日式花園做準備，走上高掛著蠟燭的巨大樓梯(沒有電燈)準備就寢，倒在我們的黃銅雙人床上，緊挨著彼此聊天好幾個小時，直到進入夢鄉。我們回到了孩提時代，每人被分配做一些簡單的家事，「全家」一起坐在樓下門廊上的大桌旁用餐，安妮會做餐前禱告，她是這個廣大卻親密的王國之女王；用完餐後，我們會坐在那裡聊上一小時，天南地北暢談，交換一年來的消息，話題包括政治與哲學，一直聊到太陽下山，最後進屋坐在壁爐旁。

這裡的日子沒有時間感，其中一個原因是這裡的生活很有規律又無拘無束。我們過著自己的生活，卻少了平常的壓力與要求。每天上午，我在達迪的房間裡工作（達迪是索普家的保母，過世很久了），隔壁是育兒室。中午時分，我與茱蒂散步穿過森林，不時停下腳步，聆聽小鳥啁啾，然後越過原野，漫步在黑眼菊與一簇簇石南花裡，偶爾碰上一叢嬌美的淡紫色風信子，最後到池子裡游泳。到了夜晚，我們高聲朗讀。我的許多著作手稿首次發表都是在此地：寬敞的「大房間」裡，眾人聚集在燒著木柴的壁爐前，有人臥在熊皮毯上，安妮坐在沙發裡，其他客人散坐在四周，中間一盞阿拉丁神燈散發一圈明亮的光，比起這些手稿在六個月後裝訂印刷送至納爾森鎮，這種「出版」方式更有意義。

自從我的父母去世後，這座島嶼就成了我固定造訪的地方，除了茱蒂之外，安妮・索普也成爲我最親近的「家人」。這裡是重生與安全之地，你可以暫時不受到傷害與攻擊，每種感受都是一種滋潤，靈魂獲得休息。

希望將來有一天能詳細書寫這座島嶼，但是今天我想敘述住在這座島上的安妮・索普具有的獨特特質，她就像賦予生命的女神，我想藉此頌揚她。過去一年，我思考許多關於女性生命的事，思索她們的問題與衝突，想著未婚女性偶爾代表的價值觀，安妮就是這些價值觀的傑出典範；對她而言，生活本身就是創作，但不是按照「妻子」、「母親」、「祖母」這類普通模式。如果安妮結了婚，她會過著截然不同的生活，而且無疑會十分豐富，但她無法像現在這樣付出，也無法付出這麼多；她在這裡有好幾棟房子，整個夏天住滿來來去去的親朋好友。安妮有著豐富的人生經歷，她不僅曾在「蔭山學校」（Shady Hill School）工作（當時她是我七年級的老師），在她教書之前、第一次世界大戰後，她去了法國，在一間法美孤兒院照顧難民兒童；第二次世界大戰後，她去了德國與一神普救派服務委員會合作，協助在布萊梅建立「鄰里之家」。這樣看來，這座島嶼聚集了不同年齡與種族的人們。

船塢那裡有位小男孩專心用漂流木製作小船；遠處樹林裡一位老婦人正在採集與研究植物，也可能在賞鳥；一對年輕戀人坐在遍布岩石的地方促膝長談，深入聊著兩人的未來；一艘工作船上的一家人正在釣魚。自始至終，安妮揹著一個背包，邁著輕快步伐，打理房子迎接新來的客人，不然就是牽著小男孩的手，指著魚鷹的巢給他看，或是問我與茱蒂：「要不要喝杯茶？」每年夏天，她總有一、兩次會離開島嶼，這時就會有一種可以察覺的心靈空虛……有些東西不見了，那個把所有線頭握在手裡的人不在島上。我們感到小小的驚慌，也有點寂寞。

現在安妮七十多歲，身材佝僂，然而依舊呈現埃及豔后的形象，闊步邁著宛如女神的步伐。女神？這個詞忽然出現在我的腦中，是因爲（大概五十年前？）我還是孩子的時候，看著她在朗費羅家的花園裡跳著稱爲「女神」的民俗舞蹈，從此以後，她都讓我聯想到「女神」一詞。她是朗費羅的外孫女，在我這個歐洲人的眼裡，她是美國貴族的化身，讓人深切感覺到**位高任重**的意思，與那種要求受到肯定或逃避人類應有的努力與責任的「特權」截然不同。她表現了個人的無私大方，從各個方面爲生命慷慨付出，這讓她的存在成了美好的禮物，她甚至不會對一隻老鼠生氣；捐款時，她也必定奉獻自己，就像多年來她在蔭山學校做的一樣。也許這一切是先天遺傳的美德，但安妮在家族內外都很獨特，是什麼造就了她奇特的特質？今天早上我一直在思索這個謎。

或許關鍵是她能隨時有時間陪伴需要的人們，無論對方渴望表達悲喜，或是透過分享讓狂喜的心情冷靜下來或沖淡悲傷……或是渴望傾訴心情並被人理解，安妮都在。因此一隻玩具小熊會像變魔術一樣，忽然出現在踢到腳趾頭的一歲男孩面前；爲了結婚對象躊躇不決的年輕女子可以心平氣和地與她長談；一位老婦人可以與安妮熱情討論即將舉行的總統大選，並在安妮的藍眼裡看到與自己一樣的火花。這種參與絕不被動，往往伴隨突如其來的大笑，那種笑聲總是生動鮮明。我總是受到藝術與生活切割，對我來說，驚奇之處在於安妮對經驗有著巨大的包容能力，她似乎從未因爲手中握有許多線頭，尤其是在這座島上，而感到緊張與沉重。那眞是一顆神祕的心，她怎麼辦到的？她又是如何把人性時刻與其他時刻區隔開來？也許從這一點來說，她是詩人；我寫詩時，不會想著應該在花園做什麼事，也不會想到還有一封信沒回覆，我在當下全心投入永恆的創作世界。安妮全心活在當下，彷彿每一刻都是生命的最初與最後。

當我與茱蒂回憶格林斯島的歡樂，也許是我們在納爾森鎭過聖誕節時，圍著壁爐而坐，好幾個畫面又清楚地回到了我們眼前。我們回憶著有一年大雕鴞在島上築巢，安妮爲我們模仿牠們交配的叫聲，她張開雙臂當作翅膀，頓時變成一隻貓頭鷹，發出的叫聲讓人難忘，多年後想起來，都會笑得流出眼淚。還有一次，我們散步到孩子們住的另一間房子，安妮穿著紅色長斗篷，讓人想起當年她在瓦薩學院讀書的模樣。她興致一來，張開紅色斗篷，像蝙蝠翅膀，接著忽然猛撲，逗得孩子們高興不已，或許花園裡這個新女巫的逼眞形象讓他們有點畏懼。我永遠記得某次我看到的安妮，那時我結束了上午的工作，走下寬敞的樓梯時，看見安妮坐在「辦公室」裡那張翻蓋式大書桌前、她父親的椅子裡，低頭計算或寫信，看起來有些冷淡，全神貫注於公文裡，忽然之間，她被逗樂了，露出神祕的微笑。最近一次去探望安妮，我還記得那天晚上的八點十分，她準時地與我們一起站在布滿岩石的岸邊，懷著無比期待的心情，等待巨大的深橘色月亮滑過薩頓島，升上天空，在靜靜的水面上灑落一條完美筆直的銀帶。

我沒有找到祕密，誰又找得到呢？然而，在回到喧鬧的納爾森之前，能有一小時沉浸於這位最親密朋友具有的神祕，眞是美妙！

納爾森鎭以怒放的玫瑰花與豆金龜迎接我，歷經逾一個月的少雨或無雨的天氣後，花園極爲乾燥。我還在門廊下發現了幾隻小貓咪，那隻野虎斑貓顯然覺得那裡很安全，牠瘦得可怕，再度被牠那些發情的可怕兒子糾纏，其中一隻無疑是這些小貓咪的爸爸。

早上六點，起床到花園澆水，再插上兩束嬌美的鮮花讚頌夏天，這樣做是讓自己與房子回到從前親密交融的感覺；壁爐台上擺著毛地黃、金銀花、一朵碩大的和平玫瑰、一朵白色的頭巾百合、幾枝小小的白色鐵線蓮，以及一枝每季只開一次的亮粉紅色玫瑰花。屋外花園裡的玫瑰品種「莫梅森的紀念品」[33]與「悼念保羅・方丹」[34]綻放了，前者是淡粉紅色，後者是深紅色、傳統的枕形玫瑰花，與它們的名字一樣美好。

外面有許多事情需要照料時，我很難待在屋內工作，但是又不得不如此，因爲我只有五天的時間，五天後我又要出門與X共度一星期。這個夏天像棋盤，但是我努力冷靜地一步一步移動，享受一次又一次的歡樂時光。

澆完花後，回到床上吃早餐，讀著週日《紐約時報》一篇論美國作家梭羅（H. D. Thoreau）的有力文章。作者認爲梭羅的自我新生不切實際，因爲他對「永恆

33 原文名爲「Souvenir de la Malmaison」。
34 原文名爲「Deuil de Paul Fontaine」。

時刻」的培養排除了人際關係，因此在我們的時代，他不是可靠的精神領袖；在我們的時代，「社會人」不得不痛苦地成長，我們被迫接受越來越多的東西。梭羅非常希望成爲一座遠離大陸的孤島，他也成功了；我們不得不開始放棄「孤島可能存在或很美好」的神話。這一年來，我覺得必須寫這本日記的一個原因是，我覺得《種夢根深》塑造了虛假樂園的神話，我想摧毀這個神話。事實上，爲了越來越接近現實並接受現實，我認爲自己的職責就是默默地摧毀神話，儘管這些神話是我創造的。雖然史蒂文斯夫人[35]的生活方式很浪漫（就像白色女神的崇拜者一樣），但她對這件事的看法並不浪漫。

我這一生中，與其他人一樣努力追尋眞諦時，目睹一個又一個讓人欣慰的神話受到嚴厲批評，我們必須承認文明人是最殘忍的動物，如果我們獲得絕對的權

35 本書主角梅・薩頓的小說《史蒂文斯夫人聽見美人魚歌唱》之主角。

力，都會變成施虐狂（德國集中營與美國中尉凱利[36]等），邪惡並非用來懾服人們的宗教概念，而是絕對的事實，亦即我們每個人都在與自我搏鬥。我們也不得不承認，美國的民主已不知不覺被接管，轉變成有組織的勞工團體與軍隊等壟斷式政黨與權力集團控制的政府民主，幾乎脫離了「人民」統治的概念，因此我們才會捲入一場可怕戰爭，誰也無法相信我們竟然捲入這場戰爭，而我們似乎無力結束它。我們也逐漸懂得黑人根本沒有獲得「解放」，他們仍在各個層面受到壓迫；現在我們越來越意識到婦女必須經過艱難痛苦的奮戰，方能獲得自主權與完整的自我。我們不得不接受這個不容辯駁的事實：許多出身中產階級的少男少女犯罪吸毒，因爲我們創造的社會風氣極度缺乏某種東西，因此他們從這種讓人憂慮的來源尋求「啓發」，我們也看過學生因爲憤怒與飢餓而破壞公立學校。最困

36 越戰期間，美國陸軍中尉凱利（William Calley）下令在越南廣義省的美萊村（My Lai）進行屠殺，死亡人數在四百人到五百人之間。

難的是，我們不得不承認西蒙・薇依講的話或許正確，她說爲了讓上帝不再對這個恐怖的世界負責，我們不得不把祂置於無限遙遠的地方。

讓人驚奇的是，儘管存在這些讓人絕望的因素，仍有許多勇敢的人持續奮鬥。

我前往緬因州的前一晚，看了哥倫比亞廣播公司播出的節目（《查理斯・庫勞特在路上》）五分鐘，結果潸然淚下。這集節目描述黑人布萊克先生的故事，他是北卡羅來納州的泥水匠，高齡九十三歲，有著熱情洋溢的清瘦面孔。由政府出資，布萊克先生搭機飛往某個非洲國家，這個國家亟需建材與利用泥土製磚的**專門技術**。布萊克指點他們挖黏土與製作磚頭，教導他們以極低的費用或不花錢的方式建造整座村莊。就發揮個人才能而言，這是富有想像力的行爲！而且，像他這樣年邁的人，無疑看到自己的天賦有用武之地，發現自己有東西可以與人分享，眞是棒極了！我把這個故事當成寓言，也是我落淚的原因。

7月8日

比爾．布朗將過來吃午餐。過去一個月，他失去了雙親，他親愛的父親前幾天因心臟病去世。我一直想著他，想著他現在跟我一樣成了孤兒。五十歲的孤兒？「孤兒」一詞讓我忽然想起哈利．葛林在我父親去世後寫給我的一封信，當時他八十多歲。信的開頭是這樣：「現在妳也成了孤兒。」就在這時，比爾打電話說他病了，總之不能來了。

結束談話前，他的九十歲姑媽艾美．路米斯想與我說話。她想告訴我那些關於我母親的生動記憶，在她正值失去親人之際顯得特別。她回憶起我母親在茵特維爾的梅里曼夫人家摘花的情景，記得她手中的鮮花（我記得有美麗的蛾蝶花）與她抱花的姿勢。梅里曼夫人家的花園位在天鵝絨般的傾斜草坪上，花園呈現楓葉形，園裡有許多一年生植物與多年生植物的小花圃。我母親非常喜歡早晨時摘花與插花，這些花朵來自別人除草的花園！

一年一度拜訪茵特維爾是一大樂事，對我的父母而言，拜訪茵特維爾就像我拜訪格林斯島一樣重要。那間房子寬敞整齊，充滿珍寶，其中有個擺滿稀有貝殼的櫥櫃，櫥櫃上了鎖。每天下午準時四點，司機會開著那輛皮爾斯亞洛牌的黑色轎車，走上一段短短路程，帶我們到湖邊、瀑布，或是任何「景點」。下午四點半時，梅里曼夫人會從手提包裡拿出小藥盒，遞給我一片麥芽牛奶片，這是給我的特殊款待。有一年夏天，我快樂地花了幾個小時，爲她製作一本袖珍詩集，配上水彩花卉插圖。有時我渴望就這樣度過餘生，爲我所愛的人寫東西，絕不再出版。

七月二號，英國雜誌《新政治家》（*New Statesman*）刊登了一篇評論萊斯莉・摩爾（Leslie Moore）著作的文章，那本書的內容與凱薩琳・曼斯菲爾德（Katherine Mansfild）有關。萊斯莉・摩爾終於在八十三歲時說出自己的故事，在此之前，我們看到的只有曼斯菲爾德日記的刪節版。當然，莫瑞[37]不急著讓大家知道眞相，但是曼斯菲爾德的日記出版時（他負責編輯），沒必要保留萊斯莉・摩爾慢慢吃香蕉的內容，這樣做很殘酷；科特從前總說她是「好人」，他大力稱讚的人很少，她是其中一人。

這篇評論的作者是克萊兒・湯姆林（Claire Tomlin），標題為〈妻子的故事〉，最後一部分寫道：

> 凱薩琳生命的最後幾星期裡，在逃避責任、無法照顧凱薩琳的莫瑞與全心照顧凱薩琳的萊斯莉・摩爾之間，情況變化不定，凱薩琳則撒手不管。在那之前的情況是這樣：莫瑞沒能力照顧凱薩琳，也無法做些實際的安排讓她舒適一些，她經常疼痛難忍，總是非常虛弱，他甚至無法給她足夠的愛。萊

37 約翰・莫瑞（John Murry）是凱薩琳・曼斯菲爾德的丈夫。

斯莉願意獨自承擔一切：照顧、疼愛、打掃、燒火、採買、縫扣子、送上早餐與午餐，撿起凱薩琳幼稚地丟在地上的外套。毫無疑問，才華洋溢又疾病纏身的凱薩琳需要一位「妻子」與一位丈夫，萊斯莉就是那樣的妻子，這與莫瑞是凱薩琳的丈夫一樣眞實。萊斯莉身爲「妻子」的本能保護常讓凱薩琳動怒，然而一九二二年凱薩琳給萊斯莉的信寫道：「儘管我沒有任何表示，但妳要試著相信我確實愛妳，希望妳當我的妻子。」沒有萊斯莉，凱薩琳．曼斯菲爾德甚至無法寫出她創作的那些作品。科特稱萊斯莉是凱薩琳「單獨而唯一的朋友」；某種程度上，萊斯莉容許凱薩琳過著兩種生活，那種燃燒著工作與愛情欲望的女人過的生活，儘管這兩種生活都很短暫。這段非凡的友誼從青春期的熱情經過許多試煉與爭執，最後相互接納，這本書允許我們追溯這段友誼，萊斯莉藉此繼續爲她的朋友盡心。

當然，很大的疑問在於爲什麼這篇文章用「妻子」一詞，而不是「母親」一詞，萊斯莉・摩爾做的一切其實是母親做的事，卻又出自不同於母愛的那種愛，凱薩琳對她的感情無疑搖擺不定。科特一直想要強調的重點是萊斯莉常常表現得像奴僕，受到宛如奴僕的對待；然而，她從來沒成爲奴僕，她有自己的尊嚴、完整的自我、完好無缺的愛，這非常了不起。

或許事實是莫瑞需要母親。他天生無法成爲凱薩琳・曼斯菲爾德需要的照護者，一旦她需要別人照顧，無法再扮演母親的角色時，他們的婚姻就開始出現裂痕。因此，在這段三角關係中，所有人的角色都變了，莫瑞成了情人，當凱薩琳・曼斯菲爾德覺得身體狀況不錯，可以約見情人，就召喚莫瑞；萊斯莉成了凱薩琳・曼斯菲爾德心目中的妻子，曼斯菲爾德需要妻子。從事專業工作的女人確實需要妻子，許多人都以開玩笑的口吻提到此事，我們也見過非常成功的同性戀關係，我想到了美國女作家葛楚・史坦（Gertude Stein）與她的同性愛人愛麗絲・托克勒斯（Alice B. Toklas）。但是，從事專業工作的女人之妻不僅要格外無私，同時還要有強烈的自我意識來維持尊嚴，而葛楚・史坦死後，愛麗絲・托克勒斯才眞正展現自己的個性。

7月10日

昨天感到十分疲倦，沒完成任何事。天氣濕熱，烏雲密布，很可能會下雨。但是最後烏雲散了，我只好自己用水澆花園。一切都非常乾燥，但是花園依舊繁花盛開，藍色的飛燕草綻放，聖母百合也開花了，玉蟬花四處展顏，呈現淡藍色或紫色。這些玉蟬花種在穀倉附近的圓形花圃裡，我還在那裡種了從格林斯島帶回來的罌粟種子，那種罌粟花的花瓣邊緣會呈現紅中帶藍的奇妙顏色，ALT還以爲這個花種是鳥喙帶到此地的。這是我第一次設法讓它們在此地生長，這件事讓我十分興奮，因爲除了格林斯島外，我從未在其他地方看過這種花。由於近日多雲，玫瑰花開始凋謝。

一個人心情憂鬱時，無法意識到昨天那樣的空白日子可以讓人恢復活力；我先是像乾涸的噴泉一樣失望，接著隔天又忽然精神大振。今天感覺精神集中，充滿力量，心情愉快，不僅寫了許久以來想寫的一些信，還重讀準備出版的新書詩作。我認爲這本書眞的會成功，尤其是它與《一粒芥菜種子》迥然不同，這本詩集用詞華麗，充滿對花卉、樹木、花葉光影的描繪，其中大都是愛情詩。

有些日子，讓人緊繃的事就是會一起發生。昨天所有的機器都壞了：先是汽車出了問題，接著打開電視收看新聞時，電視壞了（這是壓垮駱駝的最後一根稻草）。這台電視機用了十三年，一直都很好；我衝動地奔到基恩市買了一台新的。打開電視，趕上向路易・阿姆斯壯[38]致敬的紀念節目，我說什麼也不會錯過路易・阿姆斯壯以小號吹奏的聖路易藍調：他散發某種光芒，那種光芒很罕見，是一種眞正的**喜悅**，這在藝術家中越來越少見。那些能確實表達這種喜悅的人往

38 路易・阿姆斯壯（Louis Armstrong）是二十世紀美國爵士樂音樂家，在全世界享有盛名，被稱爲「爵士樂之父」。

往有過坎坷的時光，因此他們表現的喜悅絲毫沒有自鳴得意或自以爲是的感覺，而是包容，不是排外，是近似祈禱的喜悅。

7月26日

上次寫日記已經是兩星期前的事了。休息了幾天，接著是客人來訪或是我外出不在。天氣依舊乾燥，但是花園裡百花齊放，尤其是我每天清晨六點起床澆水一小時，這對根部很淺的一年生植物非常重要。此刻雪莉罌粟正盛開，每天早上我都採摘十幾枝綻放的雪莉罌粟，白色、粉紅色、紅色，各種各樣，它們薄透的花瓣是我見過最美好的事物之一，掉落的花瓣摸起來如絲綢柔軟光滑；這個季節裡，大多數花朵都變得暗淡，整個花園一片雜亂，只有優美的雪莉罌粟讓人感到愉快。百合花也在綻放，我在壁爐台上放了一朵碩大的粉紅百合花，也放了幾朵淡粉紅色的天藍繡球與碩大的藍色薊花。廚房外牆邊種的天藍繡球與紫菀再度被土撥鼠吃光了。

我與X在海邊共度一星期後，迫不及待地想回到綠樹成蔭、獨具特色的納爾森鎮。我對出現在海邊的富人階級非常厭倦，最近在各地海邊都看得到有錢人；遺憾的是，這種變化發生在X在那裡買了房子後。它讓我想起比利時的克諾克鎮，明亮的藍天襯著陰暗的鹽沼地、沙丘、寬闊的沙灘、陽傘，還有孩子常見的遊戲，包括堆沙堡，再提起一桶桶海水澆垮城牆（有些事我忘記了），還有把彼此埋在沙裡，這一幕其實很可怕，因爲除了頭部露出來以外，整個身體被重重的沙子壓住，動彈不得。

從某個層面來說，這是一次眞正的假期，但說穿了，這段假期讓人極爲煩惱與挫折。這本日記始於一年前的九月，記錄我與X之間關係持續走下坡，不管我多麼希望不要提起那些事情。

8月3日

今天是母親的生日。奇怪的是我一直沒有寫過關於母親的隻字片語，就算有也只是寥寥幾句。我試圖書寫母親，卻沒由來的一陣愁悶，想不起關於她的細節，或是無法確切描繪她的優雅、爽朗的笑聲（我們過去常常一起大笑，笑到眼淚都流出來），她七十多歲時依舊健步如飛，腳步總是很急促，好像要出席什麼重要場合，但可能只是出門買條魚做晚餐。在我認識的人當中，她是最熱愛生活也最懂得生活的人，她對任何事物都滿懷好奇，任何生活中不起眼的事物都會全神貫注地觀察，像是一朵花、一只陶瓷花瓶、家裡養的美麗銀貓克勞蒂，與我父親喬治・薩頓日常地在花園裡對坐喝茶，她也會細細打量眼前的丈夫。別人常找她訴苦與傾吐，因爲她就像一盞燈，溫暖而明淨，從不感情用事。談到政治，母親顯得激進，直言不諱，喜怒轉眼形於色，而且很有擔當。幾乎每個人都會對她留下鮮明印象，就算只與她有過一面之緣，彷彿見到她是難忘的事。艾莉諾・布萊爾常對我提起她與我母親第一次見面的情景，當時我母親奔下樓梯迎接她，手裡還拿著一大束鮮花，因爲我事先告訴母親當天是艾莉諾的生日。還有許多母親不認識的人，把母親在貝爾格特時裝公司工作時設計的美麗刺繡洋裝仔細疊好，收進衣櫃妥善保存，色彩繽紛絢麗的各式洋裝，有翡翠綠、橘黃、粉色、紅色、天藍色，現在依舊光彩照人。她寫的信件也同樣被妥善保存……母親去世後的這些年，我收到許多捆她生前寄出的信件！

這一切是母親人生豐富燦爛的一面，但另一面是她其實一生都在與病魔抗爭，而且一生中經歷了兩次遠距遷移，第一次從英國來到比利時嫁給我父親，接著是一九一六年，我們全家以難民身分從比利時移居美國。母親善於交際，悲慘的是，她在第二次遷移後變得矜持寡言，再也無法敞開心胸結交親近朋友，因而不得不回到歐洲尋找源頭。當然，安妮．索普是例外，也因此她們倆的書信不斷往返於比利時、瑞士、法國之間，這些書信母親視如生命一般。母親一直以流亡身分住在美國。

母親生性慷慨，對人頗爲大方，但一直到逝世前幾年，幾乎都在貧困中掙扎。在金錢方面，我父親具有典型比利時中產階級的特質，許多年來，母親從不清楚他的薪水數字，父親每月給的微薄生活費永遠不夠用，而且從不與母親討論錢的事。所以她都是靠教書、爲貝爾格特時裝公司設計服裝賺錢讓我讀書、參加營隊，也用這些「微薄的外快」資助一戶住在佛羅倫斯的白俄羅斯人家庭——她在偶然的情況下，發現這家人需要援助，也用這些錢購買許多其他的必需品或奢侈品。金錢從一開始就一直是這段婚姻的傷痕，本身受到毒害、同時也毒害他人的傷痕。或許是因爲我自己爲錢而吃了許多苦，也曾看過母親爲家計夜夜難眠，所以我對錢很不在乎（至少以我父親的標準來說是如此）。我認爲錢必須像通過身體留下養分的食物一樣，是拿來用的，賺到就用掉，可以施予他人，或轉換成鮮花、書籍及美好的事物，錢應該留給創作家與有需要的人，錢就只是錢而已，不是別的，錢該轉換成其他事物，不可存放不用。我可能談太多關於錢的事了，就像從小受到性壓抑的人，長大後常會講黃色笑話以示解脫。

一天接著一天，每天都是熱帶潮濕的天氣，氣溫在攝氏二十一度到二十七度之間擺盪，因爲濕氣太重，我在寫作時得開著電扇。X今天來了，我本來期待我們可以帶著橡皮船去游泳，後來未能成行，讓人有些失望。我從未獨自游泳。乘著橡皮船晃悠到附近的湖裡，頗有度假的閒適氛圍。

我覺得自己精神不太集中，有點無所事事，最近竟是如此閒散！何不讓自己放個假？但是如果只做家事，完全沒做別的事，我不會有成就感，大概是因爲家務從來不可能「一勞永逸」。最近好像總是忙完這些家務事，才能埋頭做正經事。

8月4日

潘奇死了。我剛剛把牠埋葬在穀倉旁的白玫瑰叢下。

兩年半前的二月，突然覺得家中得有隻蹦蹦跳跳的動物，因爲每次茱蒂把貓咪帶到劍橋鎮過冬，屋裡總顯得實在冷清，於是我去平價商店買回潘奇，這些日子以來，牠一直是屋裡的開心果。有了潘奇，我會因牠而早起，當揭開鳥籠遮布時，牠特別雀躍，以高亢嘹亮的鳴叫迎接晨光，接著飛到窗台上，又跳到籠外的橫杆上，對著那面我黏在窗玻璃上的小鏡子顧影自憐。

但過去幾星期內，牠一隻眼上長了顆腫瘤，已經看過四次獸醫。醫師爲牠切除腫瘤時，我都捧著牠，潘奇在我掌中顫動。每次治療後我都堅信牠會康復，但是今早手術過後，牠滿身血漬倒臥在提籠內，讓人不忍卒睹，返家後，潘奇就一命嗚呼了。

將潘奇埋藏，鳥籠與玩具都收到閣樓，這個舒適房間內的那一角突然顯得空蕩至極，少了潘奇，氣氛完全不同……牠迷你的身軀還沒有一個巴掌大，只要我經過，牠都會抬起小腦袋，晚上我看電視時，牠也會發出甜美的呢喃，牠是如此知足、歡喜、勇敢！第一次帶牠去看獸醫，醫生幫牠打了一針，一隻腿因此癱軟，無法坐在橫杆上。隔天整個早上牠都奮力朝籠子上方爬，跌下去，再向上爬，結果又跌一次，蜜爾德蕾和我在一旁看著，只能乾著急，完全束手無策，痛苦奮戰兩個半小時後，潘奇終於成功坐到橫杆上！牠的離開讓我失魂落魄，我的哀傷並不荒謬，畢竟牠曾帶給我許多歡樂。

8月9日

最近日子過得飛快，瑪麗安・漢彌爾頓來訪，但我得先記錄另一件事，以免自己忘記。這幾天正逢此地的年度盛事，那就是華納一家子來大草原割乾草，頭一個抵達的是海倫，她開著顛簸搖晃的舊卡車，後面拖著一台乾草翻曬機，一身素淨的棉質連身裙，襯得她風韻迷人。緊接著我就聽見央湖大道上傳來的馬蹄聲，巴德每天都會將牧場的兩匹馬趕過來，一趟路整整有三英里，他的步伐與兩匹馬整齊一致，手裡拉著韁繩，相形渺小的身軀透過一條繩子緊緊牽制兩隻龐然大物，在馬匹的後方邁著穩健步伐。華納一家人都來了，我的朋友們，每年他們都會將這荒蕪雜亂的牧場整理得舒展整齊，讓開闊的景致一直綿延到草原盡頭的那排楓樹。這可是大工程，因爲又高又密的雜草下滿是堅硬的花崗岩石。另外，今年華納一家挖出十一個黃蜂窩，危險得很，感謝老天爺，除了一匹馬以外，目前還沒傳出螫傷意外。我想今年應該是大黃蜂年，黃蜂群每幾年就會頻繁出現。

巴德用大鐮刀在草原上來回刈割，不時讓馬兒歇息一下，構成一幅人畜和諧的美好畫面。接下來海倫或是朵莉絲（割草三人組的第三位成員）就坐在高高的機座上進行耙攏，一個回合完畢時，槓桿拉了上來，一大捆草軋壓在一起，丟進車裡，第一天下午收工時，已有兩、三大卡車乾草裝進了穀倉。高䠷的海倫不斷來回揮動手上的草耙，鏟起看似千斤重的乾草，這一幕無比美麗。

主要的工作完成後，還要用長柄大鐮刀在岩石、樹木周圍、石牆邊進行細部的除草工作。我喜歡看巴德舞弄鐮刀，他總是緩慢而有節奏地割著參差不齊的金菊黃、黑眼菊、長長的雜草，這幅景象讓人百看不厭，修整過後，視野變得開闊又美觀，雜亂無章的環境再次恢復整齊有序。雖然我不樂見花叢被剷除，然而在這燠熱的八月天，最要緊的還是能擁有呼吸的空間。

中午時分，我端出幾壺涼茶與甜點。那幾匹馬在樹蔭下休息，長尾巴甩來甩去驅趕蒼蠅，華納一家人就在旁邊的草地上享用午餐。

這一切是多麼安靜祥和，相較之下，如果雇用機器來整理草原，會有多少惱人噪音？農人每個姿態、每個動作都如此賞心悅目！我想到在這些割草晾曬的日子裡所聽見的輕柔聲音：華納一家人的說話聲，從沒聽過他們發怒或不耐煩地高聲講話；還有行駛在泥土路上的卡車，車頂蓋所發出的砰砰聲；鐮刀割刈的沙沙聲；還有那輛舊卡車發出的隆隆聲。「甜美、獨特的鄉村風景」[39]，我很幸運在有生之年還能看見這個情景，也許在我離世後，甚至在那之前，這種傳統農作法就會消失了，現代人誰還有這種技術、耐心或愛心用這種方法割草堆草？更何況又是如此高標準，費時費力！

39 出自霍普金斯（Gerard Manley Hopkins）詩作〈濱西的楊樹〉（Binsey Poplars）

8月16日

一連幾個星期都無話可說、無啥可記，還要持續寫這本獨居日記，實在是笑話！夏天跑到哪去了？兩、三天前天氣起了變化，陽光變得清冷，驟然轉爲風高氣爽，預示秋天的來臨。除了深紅色百合花等少數幾株姣好的花卉外，花園裡顯得一片淒涼暗淡。清晨醒來後，羅伯特・佛洛斯特（Robert Frost）的詩在我腦海中縈繞，最後一節是：

我可以把所有一切給予時間，但不包括
我手中握住的所有。
然而爲什麼還要申報這些
趁海關沉睡時挾帶入關的違禁品？
因爲此時我已身處彼地，

而我不願與手中之物分離。

但眞正的剝奪是無法將自己的天賦給予至愛之人，今天早上我確立了這個觀點。在X似乎有意冷落我的那一個月裡，最讓人難受的是，對她朗誦詩歌已毫無意義，我只好將這份天賦埋藏起來，無法再對外展現，遂成沉重的負擔，甚至成了侵蝕心靈的毒素，就如同生命之河遭攔堵而逆流。

我與瑪麗安・漢彌爾頓共同度過豐富充實的一週，我們做了兩件截然不同的事。首先，瑪麗安和我一起去緬因州看那棟房子，我預計在一兩年內搬去那裡。這是我第二次看見那間房子，頭一次是在四月某個灰冷的上午，而這次則是陽光燦爛的夏日，那天並不太熱。我們走出樹林後，映入眼簾的景致讓人屏息：一大片絢爛奪目的金色麥田，宛如波浪隨風搖曳，幾條草徑延伸至遠方海邊，蔚藍的大海，藍得讓人目眩神迷，這景致多麼開闊壯觀！

這次來訪，恰好有工人在修整，所有窗戶都敞開著，好像正展臂迎接我們。

走過一間間空房，我已經可以想像自己愜意舒適的住在這裡的樣子，尤其我已決定將三樓用作書房。第一次看房時，我像貓似的在屋裡來回轉悠，想尋找適合蜷縮的棲身之地，一處蔽身之所，而三樓那間鑲板斜屋頂的閣樓，當作書房是最合適不過了。

第二件大事是在阿爾派樹園所舉辦的希爾斯伯羅郡民主黨野餐聚會，眞是場愉快的野餐。我們在高聳的白松樹下擺了幾張桌子，放眼望去盡是偌大草地，主持人表示，麥高文（G. McGovern）、伯奇・貝赫（Birch Bayh）以及傑克遜（H. Jackson）侍會都將發表演說。我們跟蘿麗・阿姆斯壯（Laurie Armstrong）一行三人到此，被這場充滿民主精神的活動深深打動，整場聚會氛圍隨性而自在，人情味濃厚，講者站在人群當中（沒有講台），不時走向坐在桌子旁邊的聽眾。比起電視訪談，在這種近距離接觸，讓人能眞正深刻理解一個人的特質，實在讓我很震撼。不過當我看到伯奇・貝赫一發現有新聞記者在場，就刻意找孩童與動物熱絡聊天說話，以打造良好的公共形象，我心中就立刻把他的名字畫掉。麥高文的演說論點有力又幽默，也不會抨擊對手，而且對每位前來提問或討論的人，都能專注聆聽，十分眞誠，另外兩位就並非如此。傑克遜是靠著約翰・甘迺迪才獲得提攜，一雙小眼睛透出算計的精光。

8月27日

最終，我還是不得不承認，原先以爲是疲勞而輕忽的不適，其實是來自病毒感染。最近我一直服用抗生素，總是情緒低落、煩躁不安，這藥也許能治癒胸腔發炎，同時也具有鎮靜劑效果。我期盼已久，這個星期終於到來，好長一段時間，終於等到完全沒有訪客的一週。不斷上門的訪客讓我一直無法工作，實在讓人氣惱。外頭的花園還等著去收拾，我不願探頭往窗外看，因爲一看又會發現好多事情要做，花園裡處處雜草叢生，處處需要修剪，鳶尾花需要砍修分株。還有那一家子野貓眞是無所不食，貓媽媽帶著四隻小貓，小貓花色各異，儼然是幼貓樣本（虎斑貓、黑貓、斑紋貓，還有一隻橘貓）。冬天來臨時，牠們該何去何從呢？一如過往許多時候，這個居處頓時成了我心中沉重的負擔，我好想關上家門，寄居別處，哪裡都好，甚至是旅館，在那裡我不用掃地，也不用煩惱三餐。屋內外的一切都好乾燥，看起來今天終於要下雨了，灰濛濛的天空讓人欣喜。

昨天收到C寫來的信，文筆眞出色，她獨自住在法國普羅旺斯的自家農莊裡已有兩個月。這封信爲我帶來很大的安慰，即使富裕如她，而且有虔誠堅定的信仰支持，也如此形容隱居生活：

就我的體驗，完全遺世獨立的生活其實五味雜陳，讓人時而高昂亢奮，霎時又沮喪低落，陷入飢渴交迫的狀態，無盡等待著不可能發生的事情……獨居時還必須獨自打理一切，眞是乏味！最惱人的是還要煮飯進食！請讓我更確切地描述隱居這回事：某個月，住在這裡的一位老婦進了安養院，她的農工丈夫整天都在遙遠的地方工作。我沒有電話又沒有交通工具，一位住在山腳下的善良鄰居已過世了，一對很善良的年輕農民夫婦則搬到好幾公里以外的村莊。我已養成了「凡事先想到意外」的習慣，也很清楚獨居就表示如果那天自己發生意外，絕對不會有外援，這點我非常確定，也因此在發生上面所說的那些事情後，我更能體會人類的脆弱。

這封信對我影響很大，每次生病（雖然我家中有電話，而且親愛的蜜爾德蕾就住在草原另一頭），總覺得像是被遺棄在此。很久以前我已認清，沒有家庭的人就算只是輕微不適，也必須認眞去醫院治療，只要是讓我必須臥床休息的症狀，即使只持續短短一兩天，我也會要求住院。我不會有什麼外援，雖然早知道如此，但每次體悟到凡事只能靠自己時，還是不免訝異。也許是因爲人在生病時容易失去時間感，有一天，我感到身體不舒服，什麼也不能做，只能躺著，甚至連讀書也變得沒意思，打開電視卻覺得眼睛發痠……雖然只有一天，卻覺得比一輩子還漫長。

C已經八十多歲，她描述的隱居程度遠超越我。我可以隨時出門，開車隨處去，也能打電話，正如哈尼爾·隆（Haniel Long）的作品，描繪「我們廣大而脆弱的城市」：

為了繼續活下去，我回憶從前
我們成了光束，但願是透過電話，
而相互尋覓，
獲得其他光束的回應，
隱形的人在另一端與我們通話。

如果晚上無法看晚間新聞，該怎麼辦呢？這點很重要，不只是因為我非常關心時事，也因為對於在屋裡獨處一整天的我而言，電視畫面出現的各種人臉成了必需品。

不可否認，隱居生活是一大挑戰，要維持生活的平衡並不容易，然而必須牢記的是，和他人共處一陣子而沒有獨處的空間，其實更糟，即使對象是親朋好友也一樣。少了獨處空間，我就失去重心，一團混亂、無所適從，我必須保有獨處的時刻，細細咀嚼生活中的吉光片羽，參悟其中的精華與本質，深入體會這些經歷對自身的影響。

瑪麗安走了之後，安妮・伍德森來住了幾天。這幾天對我們之間日益深厚的友誼是種印證，我們一起度過輕鬆自在、無拘無束的時光，讓生命獲得滋養。安妮在大房間裡支起畫架作畫，我埋首修改詩作，中午時分便一起用餐，在門廊下安靜聊天，晚間早早上床就寢，事實證明我們不僅能在同個屋簷下愉快共處，還能各自耕耘出豐碩成果。

安妮來訪的這些日子眞是美妙，最後一天我們開車去緬因州，這是我們第一次在充滿礁石的海濱野餐。瑪麗・雷帶了龍蝦、沙拉以及葡萄酒，而我一想到兩年後的美好時光就欣喜若狂，每次見到那棟房子，我都覺得自己能「馴服」它，將它收服在我的麾下。唯一讓人稍感卻步的是，對於像我這樣一頭老浣熊來說，這房子未免有點太寬敞。入住之後，我的生活會出現什麼改變還很難說，但至少（以純實用觀念來看）會有充分的置物空間，眞是棒極了，現在的住處最缺乏的就是收納空間；當然，這只是其次，更讓人心動的是那片綿延至海平線的金色草原，景致壯觀瑰麗，一想到此，就不由得有些飄飄然。

8月29日

大雨過後走進花園是多麼美好！一陣輕颱臨走前的風雨帶來約三英寸的降雨量，雨後的大地變得清新宜人。當然，花園遭到不小的摧殘，但是我今天花了一小時在花園整理，修復支架，一切也就恢復原狀了，今早摘了幾朵百日菊和大波斯菊擺在屋內。

抗生素很見效，我的症狀和緩許多，又恢復了精神，雖然精力還不足以寫詩，但還能愉悅自在地面對臨時訪客。昨天與很多人共進午餐與晚餐，星期天又有一位朋友前來一道享用晚餐，昨天我甚至還抽空擦拭家裡的銀餐具。

午餐時刻有兩位年輕人來訪，其中一位與我通信往來有一段時間了，T和J來訪時手裡抱著一大束鮮花，以及兩張唱片。我們開心地聊了一陣子，接著他們帶我出外用餐，老實說，這眞是一大恩惠，因爲我們盡可以坐在壁爐前談天說地，省得我還要手忙腳亂準備餐點。J想成爲天主教修士（兩人都是天主教徒），他們兩人一直在「四處打聽」合適的修道院，就好像一般人會「四處打聽」有名的精神科醫師一樣，這可是終身奉獻，攸關一輩子的大事，所以尋找修道院是很嚴肅的正經事。面對這樣的年輕人，英俊又聰明，但還不脫稚氣，我不由得心想，如此期盼在修道院過著默禱生活的念頭是否太過浪漫，甚至有些孤芳自賞的意味。跟他們聊完之後，我更能理解爲何申請成爲修士的門檻很高，後續的評鑑也困難重重，修士必須經過嚴格的考驗，申請人也必須忍耐冗長枯燥的過程，才能確認是否獲得認可。

我貿然向他們提問，我說我認為美國天主教界確實遵循耶穌所說：「你對那些卑微之人不仁不義就是對我不仁不義。」這樣的想法對嗎？當然我是想到瑪麗．大衛修女、內德．奧格曼（Ned O'Gorman），多蘿西．戴伊（Dorothy Day）……以及許多其他人。但 J 是想成為修士，T 是想當哲學家。為什麼我對於那些熟悉所有名人顯要、乘坐高級黑頭轎車、行頭不菲的人，總是有點懷疑？身為無神論者，期待有宗教信仰的人都當苦行僧的想法顯然過於不切實際，但我不會自稱為基督徒，因為我認為基督徒必須放棄所有物欲，為那些飢餓貧窮、老弱病殘或是無依無靠的孩童全心奉獻。西蒙．薇依雖然沒有完全符合，但已頗接近我理想中的信徒標準。我送給 T 一本雅克．卡博（Jacques Cabaud）的自傳，不知他讀了會有什麼感想。雅克．卡博的外表並不嫵媚動人，她捨棄自身所有優越條件，全心投入信仰志業，不惜犧牲健康與天分，甚至犧牲自己愛人與被愛的想望。T 證明自己確實有能力影響他人，他秉持全心為上帝服務的信念，這很感人，卻十分天眞……天眞的驕傲。我也許過於受到我們之間友誼的影響，T 一心想成為牧師，爲了達到這個目標，進了一所又一所的神學院……我想，這一切自有他的道理，然而我擔心這也許是一種精神上的自負。從不同角度來看，這些男性讓我想起了那些充滿理想主義的女性，她們絕對不會長久待在一個委員會，因爲她們總認爲自己懂得比較多，總認爲委員會不夠「純粹」，完全不願意妥協。

接著我要引述榮格的一段話，最近幾星期以來，這些話我重讀了好幾遍。某種程度上，這也是向那位自願選擇修道院默禱生活的男性友人致歉，看了榮格的這段話，會覺得神職工作是合情合理的選擇。

如果你可以想像，有人能勇敢到收回自身所有的投射，那麼這個人肯定意識到一種極幽暗陰影的存在。他爲自己扛上新的問題和衝突，他成了自己最嚴重的問題，這是因爲他不可能再說**他們**做這或者是做那，**他們**錯了，必須和**他們**抗爭到底。他住在「集會之屋」裡，明白這個世界無論有什麼過錯，錯都在他自己身上，只要他學會處理自己的陰影，那麼他就爲這個世界做了一些眞正的貢獻，對於當前未能解決的棘手社會問題，至少他肩負起微乎其微的一部分。

9月11日

我的生活就像地獄一樣，因爲持續幾天都有外人來訪，讓我好一陣子沒有獨處的空間，然而有些美妙的事還是值得好好回味。前兩天晚上，經過非常忙亂的一天後，茱蒂和我（她在這裡住一星期）到綠草原上漫步，一抬頭就看見滿天的星光閃耀，這是過去幾星期以來都不曾見過的璀璨星空。微濕的空氣突然變得清新，銀河橫跨整個夜空，碩大明亮的星球掛在山丘頂。但是最美的是透過樹葉縫隙仰望熠熠星空，此景頗爲難得，因爲夏夜的天空很少如此清澈明淨，這比較接近秋天時樹葉紛紛落下後的澄淨高空。

我已經兩個月沒見到茱蒂了，所以此刻的相聚讓我非常感動。我逐漸明白，這些日子她看似心不在焉，對一些普通瑣事十分健忘，但是她其實在默默瞭解內心深處的自我，她的心靈之光穿透各種俗世之事，沉靜而強烈的閃耀著。雖然自退休以來，她的生活在某些層面頗爲匱乏，她卻天天把「我好幸運」這句話掛在嘴邊，對自己擁有的一切非常知足。確實，她的家庭一直具有仁愛善良的傳統，家人間以謙恭低調的方式互相幫助，讓我印象極爲深刻。這樣單純的慈愛善良已經很少見，一思及此，我不由得有些膽戰心驚。

這星期我們一起慶祝茱蒂七十三歲的生日，我做了一道塡餡雞肉料理，將預備好的佐料塞進雞腹內再料理，蘿麗也共襄盛舉。算一算，我和茱蒂已經是近三十年的老朋友了。

9月15日

近來我經歷了一些事情，幾年前巴茲爾・德・塞林科特對我說過的話又浮上心頭：「你們美國人給予的太多了。」我們多麼缺乏自覺，施與受之間，其實施者也許意在有所受，至少能受到別人的注意。顯然我在這方面犯了許多錯誤，這種以一己之私爲出發點的付出經常導致更多困擾，甚至到頭來要質問別人：「我給了你這麼多，爲什麼你毫無反應也沒有半點回報？」也就是說：「我是如此愛你，爲什麼你不能愛我？」最近我經常夢見自己隱身離開，改名換姓，到一個全然陌生、沒人認識我或在乎我的地方居住。我如此痛苦，是因爲我太瞭解許多人把自己的需求投射在我身上（往往是未曾謀面的陌生人，將我視爲摯友，掏心掏肺，而且理所當然認爲我必須非常重視他們）。我也有過同樣經歷，也曾對別人付出過多，出於自我幻覺的同情和內疚而表現出關愛，只會讓事情變得更糟，到最後只得獨自面對懲罰，接受傷人的質問：「妳既然不打算讓我進入妳的生活，爲什麼要回應我？」

許多年前，維吉妮亞・吳爾芙自殺後，我在夢中見到栩栩如生的她，我看見她走在一條鄉鎮街道上，沒有人認出她，不知爲何，當下我認爲她根本沒有自殺，只不過想隱姓埋名，藏起原本家喻戶曉的自己，重新開始生活。

昨晚我翻閱新版的《歲月之橋》，想感受這本書出版二十五年後，讀起來是什麼滋味，感覺還不太差，但是我現在就不會那樣寫了，風格已經不再如此強烈，我近幾年的文風不再明顯帶有「詩意」。保羅寫的一段話讓我印象極為深刻：「他認為，學會好好愛一個人需要一段漫長時間，甚至必須用一生的時間，彼此間保持適當的距離、保有合宜的謙卑。」

昨天茱蒂與我談起這件事，聊到了Z，近來對我而言，Z實在是艱難的考驗。也許人所能給予最好的禮物就是分離，情感的依附，即使自以為是無私的情感，終究會為另一個人帶來負擔。如何才能輕描淡寫、毫無壓力的愛一個人呢？珍．多明尼克在晚年時達到這個境界，當然，伊蒂絲．甘迺迪（Edith Kennedy）曾對我提及這種高深技巧，她跟我談到自己如何與各方友人應酬，處理他人對自己的強烈愛慕之情。

不由自主吸引外界熱烈的愛慕，既非我所願，我也不想承受，這難道是我的錯嗎？也許巴茲爾是對的，也許我付出太多了，方法也不恰當。其中一個原因是我自己也常常有所需求，需要摯愛的人不願或無法給予的一切，造成我執意要設法回應別人的情感。麗貝卡・韋斯特（Rebecca West）說過：「毫無疑問，我們每個人心中都同時存在一位無衣無食的孤兒與一位仁愛慈善的修女，慈愛的修女如果找不到施捨衣食住所的對象，就會感到冷落孤獨。而這兩個角色彼此無法互補，這條規則讓事情變得棘手難辦，因此他們定要在身外尋覓一位陌生人，讓貧困孤兒能向陌生人內心的慈愛修女獻上感激的玫瑰花，而慈愛的修女可以向陌生人內心的貧困孤兒布施她的悲天憫人。」

這些「多情的」陌生人並未讓我的內心感到充實豐富，反倒讓我精疲力竭且變得刻薄，接著我提出幼稚的問題：「難道我給你的還不夠嗎？爲什麼你不能讓我安安靜靜地工作？」內心的煩憂越來越甚，一氣之下，我親手破壞所有努力的成果，也許這樣做有些殘酷。

我有一位精神科醫師朋友，從她身上看到一種消極的等待，她個性內向，不輕易表露自己，如同接納情感的容器，當她傾聽時，我可以看見她的手靜靜擱在大腿上。

9月16日

我仍然被Z的問題弄得心煩意亂，苦惱不已，腦海始終擺脫不了它。經驗告訴我，一旦腦海中某個人的形象變得立體化（借用司湯達[40]的意象），這個形象就成爲既定事實，不需仰賴任何回應就會自然而然清晰顯現，對於感受極強烈的人而言是很大的報償。雖是如此，何不止於盡己所能？

三年裡，我只見過Z三次，但是我盡可能在遠方給予她支持，盡可能扮演

40 馬利－亨利．貝爾（Marie-Henri Beyle），筆名司湯達（Stendhal），是十九世紀的法國作家，他以準確的人物心理分析和凝鍊的筆法而聞名。咸認是現實主義最重要且最早的實踐者之一，最有名的作品是《紅與黑》（*Le Rouge et le Noir*）與《帕爾馬修道院》（*La Chartreuse de Parme*）。

無害的繆思，對她的詩才予以鼓勵與靈感。然而，這份才華開始讓人起疑，因爲我在閱讀Z的詩作時，有種奇怪的即視感，我可能也會這麼寫這些詩。從那時起，我逐漸明白這個需求無度、貪得無厭的人，想必是連篇累牘地寫信，滿紙咬文嚼字，密密麻麻、不厭其煩地表達她是我的怪異分身。我錯在不知節制；我也曾經向他人索求情感，但對於自己到底希望得到什麼，其實毫無頭緒；我也曾自以爲是施予他人，但是其實是爲了得到他人的注意，猛烈轟炸對方。正因爲我瞭解這一點，所以同時保有和藹態度，又時刻有所警覺，但仍然被生活中出現的不速之客擾得煩亂不已，這份被強迫接受的無奈，最終升起嫌惡感，因爲這逼迫我面對自己被放大扭曲的過錯。在語言的運用上，我學會掌握某些分寸與原則，一個人越是能言善道，寫出的文字也就越危險，爲了忠實呈現事實，用字遣詞必須盡可能準確謹慎，但是比我年輕太多的Z，卻還未學會掌握這個原則，她過於浮濫，如同一朵芬芳的花朵尚未盛開就已凋零結子，這象徵浪費，而非豐碩。

一位精神科醫師對我說過的話在我的心頭揮之不去。多年前，爲了另一起類似的事件，我曾與這位醫師短暫交談。她曾在布萊德洛夫舉行的作家會議中聽過我講課，她告訴我：「大家希望能變成妳，他們發現辦不到的時候，就想要毀滅妳。」我對Z有種荒唐莫名的害怕，因為我無法接納她進入我的生活，即使已和她保持一段距離，她還是在消耗我不情願付出的時間和精力，這一切何時才會結束？

經過一個毫無頭緒的慌亂夏天，我明白自己得集中心神開始工作，否則我會變成一個垃圾處理器，塞得太滿就會卡住，無法繼續運作。這個處理器就是我自己，表現出的生理症狀就是噁心想吐，我想吐出別人要求我裝入並消化的東西。

Z就像過去這些日子的背景，前景則是那隻野貓，牠已生下四隻活潑的小貓咪，都幾個星期大而已，但是牠又懷孕了，現在摸不得、抓不得，也無法靠近。我為牠整個家族準備幾碟牛奶及食物，放在花園裡一叢灌木下，我想再過兩個月將會有更多的小貓，那時這四隻小貓幾乎都長大了，開始有生育能力。某天半夜裡我倏然驚醒，夢裡看到成千上萬隻的貓咪與小貓，成倍地不停繁衍著……

眞是一場噩夢，我不得不下定決心，做出非常困難的決定：我打電話給人道協會。五天前，協會的人上門，設法抓到一隻已經長大的橘黃色公貓，野貓媽媽當然立刻跑掉了。前來協助的先生非常和藹親切，我跟他談到目前遇到的麻煩，他建議將一隻大籠子擱在門廊上幾天，逐漸馴服那隻野貓與小貓，讓牠們願意在籠裡進食，然後我在某個可怕的早上，趁其不備關上籠門，再打電話請他來捉貓。從那時起，每天清晨五點我就會醒來，深感不祥；有一次，所有的貓都進了籠裡，但不巧那位先生那天剛好休假，我只好敞開籠子讓貓咪離開，一切又要重來。昨天那隻野貓媽媽看著我的表情充滿驚恐，貓嘴恐懼地半開。一整個冬天，這隻貓都是以安詳迷人的眼神注視我，我們之間已建立了信賴感，而現在我就要背叛這樣的信賴。有一天牠實在飢餓極了，終於跟一隻橘黃色小貓進了籠裡，我猛地關上籠門。

頃刻間，這隻野貓與小貓開始在籠內猛力掙扎，上衝下撞、左右撲騰，我驚惶失措地跑進屋裡，打電話給人道協會，一小時後那位先生來了，把牠們帶走。

做出這種事後，我該怎麼活下去？我眞的是不得已，但這件事會埋在我心中，如影隨形，直到我閉上眼的那天爲止，我竟背叛了深深信賴我的動物。

如果說我永遠不會忘記那隻野貓，那麼我也永遠不會忘記那位先生的仁慈。他見到我心情如此低落，就十分體貼地安慰我，讓我寬心。他說貓媽媽被人道處理的過程極爲快速，並承諾爲小貓找到新主人。我再也經不起這種創傷，於是就把其餘三隻小貓留了下來，我會馴服牠們，再帶牠們做結紮手術，我爲這三隻小貓取了名字：黑貓叫皮爾羅，斑紋貓叫布蘭波，虎斑貓叫貝爾—加佐。到了冬天，或許能讓牠們進到屋裡和我一起睡覺。

9月30日

美好的秋光降臨以來，我一直頗爲靜默，內心世界開始起了變化。目前尙未降下嚴寒的冰霜，但有兩次半夜醒來，看到窗外的草地成了銀白色。由於花園靠近房子，且有遮蔽，因此仍有百日菊與大波斯菊可採，不過將它們拿進屋內後，很快就凋謝了。此刻開得燦爛的是秋天的番紅花，它們沿著花園前緣盛綻，上方是淡紫色的紫菀花，這是現在花園裡唯一嬌媚的點綴，其他部分則顯得荒蕪。四月間在花崗岩石階上開花的一簇雪花蓮，後來沿著台階邊緣一路綻放，此刻也即將凋零殆盡。當然現在日光從花壇移到上方的樹葉，山毛櫸樹是略帶黃色調的藏紅色，楓樹染上朱紅色和橘黃色，層層疊疊、繽紛美麗的半透明色彩，彷彿一面絢爛的彩繪玻璃，映襯蔚藍的天空。

整個夏天我一直躊躇不定，現在心意逐漸明朗，是時候該和 X 斷絕關係了。這本日記始於一年前，當時我抑鬱憂傷，對於心中洶湧狂暴的怒氣充滿自我質疑，希望透過記錄來檢視自己，進而有所改變。我盡力自我遏制，有時頗爲奏效，然而我和 X 之間有些問題完全無解，我們不僅僅是性格互相衝突，最基本的價值觀與人生觀也大相逕庭。我們都年近花甲，也許各自的專業已讓我們受到扭曲，這是我們的另一面。我發怒的原因常常十分孩子氣或毫無道理，我們往往因爲無法互相包容而感到灰心喪氣，但其實我們誰也沒有那種度量。相愛不等於能相處，交往的頭一年，我們之間如此美好，情感豐沛，但欠缺互相理解的基礎，也沒時間好好瞭解對方，到最後我們對彼此都有所保留，這正是悲劇所在。不用說，我們都覺得自己遭到對方的非難誤解，因而開始漸行漸遠。

分手後，剛開始我覺得這是一種解脫，但幾天後就病倒了，似乎有某種重要性不亞於血液的物質不斷從體內流逝，我感到噁心……淚流滿面。

我不時有種感受，好似提醒我該回歸內心深處的自我，這個自我一直處於過度沉浸和掙扎的狀態，已經好長時間無法好好呼吸運作，內心深處的自我對我說，我註定要獨自生活，註定要爲別人寫詩，我爲那人作詩，然而在我一生中，這些詩作卻鮮少能觸及那人。

昨天我把《永焰之火》（*A Durable Fire*）詩集的手稿寄到諾頓出版社。開始著手寫這些詩時，曾夢想在我六十歲的那天，會以一本充滿歡樂、充實與幸福的書來慶生，但最後一次閱讀這本詩集時，我清楚明白這是一首哀歌，從最初就種下別離的種子。這正是詩的神祕之處，作品本身比作者更洞悉一切，永遠是未來的信使，也許我們寫作時，是從立足點朝著未來發展的方向書寫。這本書或多或少接近我心中構想的模樣，然而，若沒有X所給予的一切，以及就此而言，若沒有我們之間欠缺的一切，就沒有這本書。

好幾個星期以來，這是第一個「納爾森鎮假日」，這一天我可以待在家裡，靜靜伏案寫作，近期也沒有任何約會，這天我可以在工作之餘稍事休息，下午能整理花園。再一次，只有這棟房子與我獨處。

國家圖書館出版品預行編目（CIP）資料

獨居日記 / 梅薩藤(May Sarton)著 ; 廖婉玉譯.
-- 初版. -- 臺北市 : 大塊文化, 2017.09
面 ;　公分. -- (walk ; 15)

譯自 : Journal of solitude

ISBN 978-986-213-824-3(平裝)

874.6　　　　　　　106014061